Willy Schulz-Bülow

Das Mannifest

Das Mannifest verzeichnet die Welt von heute und benennt Schwachstellen der Menschheit, betont aber das gute Tun als einzige Möglichkeit, in den Wirrnissen der ewigen Zeit überhaupt zu existieren. Zugleich befragt es Begriffe wie „gut" und „schlecht". Schulz-Bülow unterzieht das Dasein … bis zur Seite 70, dem Buch-Ende … einer schnellen und essayistischen, nichtsdestotrotz bemerkenswerten Untersuchung.

Willy Schulz-Bülow wurde 1980 in Berlin-Schöneberg geboren. Er verbrachte Kindheit, Jugend, Schulzeit und das Studium (der Sozialpädagogik) in Berlin. Außer bei Reisen hat er Berlin nie verlassen. Heute arbeitet er in der Mieterberatung und setzt sich gerne besonders fürsorglich für die „kleinen Leute" ein. Seine eigene Wohnsituation ist auch angespannt. Denn: Es soll das ganze Haus luxussaniert werden, in dem er derzeit lebt. Das wird voraussichtlich eine De-facto-Entmietung zur Folge haben, weil die neue (deutlich erhöhte) Miete danach nur von wohlhabenden Personen bezahlt werden kann.

Willy Schulz-Bülow

Das Mannifest

– Zum Siebzigsten –

Bibliografische Information der Deutschen Nationalbibliothek: Die Deutsche Nationalbibliothek erfasst diesen Buchtitel in der Deutschen Nationalbibliografie. Die bibliografischen Daten können im Internet unter https://dnb.de abgerufen werden.

Umschlag: Erstellung (samt einem Kunstwerk), Copyright für das alles © Willy Schulz-Bülow.
:::
Hauptschrift: Myriad.
Lektorat: Willy Schulz-Bülow.
Endredaktion: Willy Schulz-Bülow.
——
ISBN: 978-3-7693-2119-7
Erste Auflage März 2025
Verlag: BoD · Books on Demand GmbH, In de Tarpen 42, 22848 Norderstedt, bod@bod.de
Druck: Libri Plureos GmbH, Friedensallee 273, 22763 Hamburg

DEM FRÜHLINGSANFANG

Wieder und wieder
Und nochmals wieder
Ist er da. Dort und hier.
Da und De und Dö.
Unverwüstlich.
Weiter so.

Du kannst schreiben, was Du willst. Es ist unsere Zeit, und doch ist es nicht so richtig unsere Zeit.

Was sagt eigentlich der Algorithmus. Zu uns? Ohne den geht ja anscheinend gar nix mehr.

Es kommt das Alter, diese possierliche Sache, die alles verändert. Die Gelenke werden etwas rostig.

[[Iss so!]]

Und wenn schon! Da kommt was Super-Öl drauf, aus der Sprühflasche, holt man sich im Baumarkt, und schon ist alles wieder gangbar. Auch das Knie links.

Wir ackern von früh bis spät. Immer wieder, immer weiter. Keine weiß, keiner weiß … zu sagen, ob das Sinn macht, was wir zusammenbrokeln. Aber man kann ja nicht nichts tun.

Anders: Es gibt Leute, die die Kunst des Nichtstuns beherrschen, aber das sind wohl ziemlich wenige. In Indien wird immer von und für ein paar Yogis behauptet, sie lebten nur von der Luft, jahrelang.

Ich schließe da nichts aus. Aber ich bezweifele es dann doch. Wenn ich selber kein Wasser trinke, falle ich nach wenigsten Tagen doch um. Ohne Wasser ist der Mensch verloren.

Sicher, das Fasten geht, also nichts essen, das kann man schaffen, 20 Tage, auch 28 Tage … und bestimmte Leute auch 45 Tage oder noch länger. (Aber Wasser wird nötig werden!)

Dazu muss man aber gut gesund sein, also Typ Marathonläufer, durchtrainiert, eigentlich kaum Speck, und dann bekommt man 49-plus als Tage (und noch mehr vielleicht) fastend hin.

Oder diese Triathleten, Männer wie Frauen, was die schaffen!

Aber wer will schon so sein? So extrem trainiert, dazu dauernd raus, laufen, schwimmen, radfahren? So hyperagil?

Für alles braucht man eine Befähigung und auch einen Willen. Das fängt bei einer Briefmarkensammlung an und hört beim Schnellkochen großer Mengen „Food" für 100 Müsli-orientierte Menschen in Blessingen auf.

Was gibt es nicht alles zu tun, auf der Welt, in diesem Leben?!

Wenn man mit sechs Jahren aber nicht angefangen hat (angefangen wurde? von den Eltern erzwungen?), Geige zu spielen, dann ist es doch auch vorbei. Das wird dann nichts Richtiges mehr.

Bestimmte Dinge sind eben rechtzeitig zu tun. Eine Bodenturnerin wird vielleicht schon mit drei Jahren aufs Turnhallenparkett geschickt, damit sie mit 18 Jahren eine Goldmedaille holen kann. In manchen Sportarten dürfen auch Jüngere schon Weltmeister werden, weil die Verbände es so wollen. 16 also.

Nichts ist konsequent. Auch das ist menschlich. Die in den Verbänden suchen sich Ruhm durch Verbandstätigkeit. Dazu brauchen die dann Sportler*innen, die Erfolge reinholen. Die Dinge liegen ganz einfach. Dafür werden junge Menschen auch gerne gequält, es haben sich ja (als Beispiel) Turnopfer an die Öffentlichkeit gewandt. Da gibt es „Stützpunkte" und „Leistungszentren" ... und genau bei und in solchen Örtlichkeiten findet sich viel zu oft böser Schindluder.

Dann heißt es: einschreiten, rufen, klagen, Prozesse führen. Und so ist es auch richtig, wenn eine Gesellschaft halbwegs demokratisch funktioniert.

Da kann man sich freuen, wenn dem so ist. Diese Gesellschaften sind immer noch voll von Tonnen Unrecht, haben aber doch weniger Böses als die Menschen in den Gesellschaften mit Lügnern in Position „Eins" oder mit all den Diktatoren und Autokraten, die aktuell so vielfältig über den Globus hinweg zu finden sind.

Nein, das haben wir alles nicht gewollt. Wir kamen in den 50ern auf die Welt, wir waren im „Nachkrieg". Da gab es massig Altnazis und verdeckte Altnazis und sogar Altnazis, die sich frech als Hochdemokraten ausgaben.

Aus dieser Zeit kommen wir. Vielleicht war es in der Eifel etwas schlimmer als in den Industrieregionen von Rhein und Ruhr: das mit dem Altnazismus als Neo-Konservatismus.

Oder wir nehmen das hinterste Saarland oder das abgelegenste Tal Bayerns. Altnazitum war mehr oder weniger ein Klassiker.

[[Iss so!]]

Mit den Dingen hat man zu tun gehabt. Gilt das noch heute?

Das scheint doch der Haken: Wir wollen alle glücklich sein, doch es sind gegenläufige Kräfte zu Tausenden da. Wir haben uns etwas vorgemacht. Das Paradies müsste kommen, wenn man nur oft genug demonstriert und A und B und C noch abschafft. Willy Brandt gab Hoffnung, sicher. Danach dann erschufen sich verschiedenste Bewegungen – Anti-AKW niemals zu vergessen –, die uns dann alle nach vorne bringen sollten.

Als Generation, als Gesellschaft.

Es gab Leute, die nach Indien fuhren, sicher, andere rauchten oder aßen Pilze, auch das. Manche träumten von der Kommune in Portugal, taten auch so etwas, begannen solches, aber vieles scheiterte später doch. Bald oder später bald. Aber dann doch.

Als dann noch unser Mann aus München, Kommune 1, Strubbelhaare, runde Brille, der Langhans, im Dschungelcamp landete, das geschah aber schon Jahre, Jahre später, dann wussten wir tief im Innern, dass es doch alles viel komplizierter ist, als man es als junger Mensch dachte.

Wir wollten alles anders. Wenn wir heute auf zehntausende Opfer gucken … (offizielle Angaben für Soldatentode der Ukraine, nur die, ohne Zivilisten, ca. 45.000 zuletzt, aber die Zahlen können auch viel höher sein. Man will dem Feind keine Triumphe schenken. Tote können Triumphe sein. Wie grotesk und aberwitzig wahr.) … dann müssen wir zugeben, dass ein anderer Schrecken auftauchte. Nichts blieb gut. Weniges kam gut.

Die viel zu teure Kernenergie erlebt sogar ihr Revival. Ja, da werden etliche Menschen vollgequatscht, überall laufen Menschen rum, die einfach nur Lobbyisten sind. Und einige aus den Parteien beten das nach. Es ist überall Meinungssoße, man kann nicht zu jedem Thema fünf Jahre studieren, um alles selber beurteilen zu können.

Wenn ich für eine Sache einstehe, weil *ich* es denke, und ich will nichts Böses, dann ist es ja okay. Ich kann man(n?)ipuliert worden sein, sicher, kann 100 TikTok-Videos gucken … und schon bist Du total behämmert und sowieso man(n?)ipuliert. Aber dennoch kann ich ja subjektiv denken, ich sei okay. Meine Meinung sei redlich. Ich hätte da ordentlich selber nachgedacht.

Ist zwar Selbstbetrug – aber wenn die Leute es nicht fies meinen: Wem will man da was vorwerfen, in täglich immer noch komplizierterer Welt?

Dann kann man den Leuten weniger vorwerfen, als wenn sie extra „falsch" sind, also extra Müll erzählen, um Leute in ihre Richtung zu drehen.

Es gibt Fake News, die sind absichtlich gemacht, und dann wird es ernst. Ich kann als Rechter Fake News machen, weil ich möchte, dass die Linken untergehen, und umgekehrt. Dabei sind die Begriffe gar nicht mehr ganz klar bestimmt. Rechts? Links?

Es gibt ja welche, die prügeln sich, die werfen gegenseitig die Scheiben von Geschäftsstellen ein und behaupten dann, es wäre im Sinne des „Guten".

In Leipzig passiert es recht oft.

Behaupten kann man vieles.

Religionsfanatiker töten wahllos Menschen, irgendwelche Menschen, die privaten Dingen nachgehen, behaupten dann aber, sie täten es für das Gute, für diese eine Religion, die natürlich voll und ganz und vollkommen ganz so 100 % richtig ist. Deshalb darf man durch die Fußgängerzone rasen und Ungläubige töten. Sagen die.

Andere behaupten es umgekehrt. Ja, morden, ja, aber für die andere Religion, nicht für diese Religion.

Alle behaupten, gut zu sein, und dann töten sie dennoch Menschen um Menschen. Fügen der Qual die Folter hinzu, der Folter das Abschlachten, und danach weinen Geschundene, zum Beispiel Angehörige aus der Familie, und sind fix und fertig. Für Jahrzehnte und noch länger.

Wieder bleiben die Traumatisierten, dann die Kinder der Traumatisierten, und davon dann die Enkel ... und so weiter.

Wir nennen hier den Holocaust, ja, ganz extrem furchtbar und gemein böse, kaum (nee, gar nicht!) vorstellbar. Da wurde das Thema des Traumas über Generationen hinweg so überdeutlich.

Aber wir haben zugleich die Leugner dazu. Es sitzen welche im Bundestag, auch das muss man wahrnehmen.

Außerdem sind „kleine" Verbrechen auch nach dem Holocaust noch furchtbar böse genug. Klein kann auch schon verdammt groß sein, bei Verbrechen. Mord! (Ist Mord „klein?")

Der Überfall vom 7. Oktober 2023 von schlimmsten Hamas-Leuten auf israelische Menschen, die nicht wussten, wie ihnen und warum ihnen geschah. Unvorstellbar gemein. Auch wie sie mit denjenigen noch lebenden Geiseln umgingen, jene „Hamasianer", die sie noch nicht direkt getötet und irgendwohin „weggeworfen" hatten. Ja, Leiber. Das ist alles so unfassbar gemeinböse.

Israels Generaldurchbombardierung und -kämmung des Gazastreifens, als Folge, als Antwort – auch unvorstellbar brutal. Palästinenser sind offenbar für das Netanjahukabinett das Gleiche wie Hamas-Kämpfer. Man kann aber nicht alles gleich machen. Es gilt, genau hinzugucken. Opfer, Täter, Unbeteiligte.

Es gibt übrigens tolle Russinnen und Russen, sicher, sicher (sicher doch!), und doch sind wir voll des Widerwillens, wenn wir nur das Wort „Russland" hören. So ungerecht ist die Welt. Putins Russland und „das Russland" sind nicht dauerhaft deckungsgleich. Aber wie viele sind noch „Opposition", wer traut sich das öffentlich? Das Putinrussland hat in der Außenwirkung scheinbar 95 % der Idee von ganz „Russland" belegt. Bitter! Sehr Bitter!

Überall sind Gruppen und Benennungen, überall Leute, die man so und anders zuordnen kann. Der Flüchtling mag real ein Held gewesen sein, ist er aber angekommen in Europa, dann wird er (mit anderen) zum „Flüchtlingsstrom" umgeformt, schon sprachlich, und die deutschen Menschen werden plötzlich seltsam kühl zu den Ankömmlingen.

So ungerecht ist die Welt. Der Afghane, der dem Irrsinn der siegenden Taliban-Islam-Männer, ja, Männer!, entkam, wird hier in BRD-Land vielleicht bespuckt, weil er ein Flüchtling ist, nur deshalb, und wir haben zu viele davon. – Man erinnert sich, wie die sich an

Räder, Kästen und Gestänge der Räder klammerten, als Flugzeuge einst mit den wenigen Auserwählten das Land der erneut an die Macht gelangten „Gläubigen" verließen. Heute dürfen die Frauen dort keinen Mucks mehr machen. (Kann eine „frauentaz"-Ausgabe anlässlich des 8.3.2025 daran ein ganz bisschen etwas ändern? Mann/man/fra/Frau würde es sich so sehr wünschen.)

Die gesellschaftlichen Räder und Bestimmungen werden gerne zurückgedreht. Roll-Back, derzeit auch in den angeblich so tollen „Staaten". Hast Du die Macht, und hast Du viel Macht, dann willst Du gerne die Dinge so, wie Du sie magst. Egotollowahnsinnswutokratie.

[[Iss so!]]

Deshalb sind Gesellschaften fragil, weil es umkippen kann, dann eilen die Nein-Sager herbei und wollen das „Gute, Alte" wiederhaben. Für wen ist es aber „gut" und „alt"?

Alles ist relativ. Aber wenn keine Turnhallen mehr zu füllen sind, weil alle diese schon voller Menschen, und die ersten Vereine klagen, sie können nicht mehr trainieren ... und wenn es Platzprobleme auch bei Alt-Schulen, Ex-Heimen, Containern und Damals-Krankenhäusern gibt, dann wird es schwer.

Wer sich darüber hinweglügt, ist auch nicht „gut". Die Dinge sind komplex, die Dinge sind nicht einfach, eher „nie einfach". Es gibt aber massig Leute, die die Dinge scheinbar einfach machen, mit billigen Parolen herkommen, das geht quer durch alle Parteien. „Links" bedeutet nicht: kein Populismus. Oh, nein! „Grün" auch nicht. Oh, nein! „Alternativ" auch nicht. Oh, nein!

Und so versauen die Volksvereinfacher unsere Welt noch mehr. Die „Popus". Brutale Vereinfachung kann auch Primitivisierung sein. Am Ende steigt der Hass in ungeahnte Höhen, und die

AfD holt von 50 satte 47 Wahlkreise im Osten, also alle bis auf drei. 23.2.2025, Wahl, wir erinnern uns – kennen aber bislang nur das „vorläufige amtliche" Ergebnis.

Das hätten wir uns nie vorstellen können.

Wir wollten immer diese bessere Welt.

Wenn wir Häuser besetzten, dann ging es um Wohnraum für uns, um Freiheit und Entfaltung, es sollte aber auch billiger Wohnraum per se entstehen, bleiben, werden ... für alle, gerade für die „kleinen Leute". (Wie hieß noch die Bäckerin? Röschen?)

Die Hausbesetzungen sind für die meisten lange vorbei, Willy Schulz-Bülow, ja, ich bin Erinnerung, und wir haben in „die Deutsche Land" weniger Wohnraum als jemals zuvor.

Dabei wollten wir (wer ist das eigentlich? wir?) alles anders. Aber die Dinge heute, die scheinen sich ja nach hinten raus, über die Jahre, negativ verändert zu haben.

Die Altnazis sind ausgestorben, fein, aber die Neu-Nazis sind ja da, oder irgendwie rechtsfaschistisch orientierte Hirne. (Linksfaschisten gibt es auch!)

Man versteht es alles nicht. Aber doch sind sie da. Sie sind wütend. Weil sie wütend sind, wählen sie so oder extra so. Ganz Europa schwimmt der rechten Soße hinterher. Die Ordnung geht dahin. Alle ekelt ins Nirwana herein. „Wana" könnte von „Wahn" abgeleitet sein.

Atomwaffen in Büchel, gut oder schlecht? Früher war alles sonnenklar. Abrüstung und Frieden, so sollte und soll es sein. Die Welt folgt aber nicht der Logik des gutmeinenden (gutgemeinten?) Herzens. Das ist das Grund-Problem, das keiner lösen kann. Werden wir für Frieden demonstrieren oder für den Austausch der US-Atomwaffen durch französische und englische atomare

Killing-Machines? Was tun? Was macht 2025 mit uns? Und die Jahre davor, seit Russland einmarschierte?

Lenin sagte auch „Was tun?", ein Buch von ihm heißt so, aber der ganze Kommunismus im Faktischen ist auch ein einziges Unrecht. Von Arbeitern und deren Glück hört man gar nichts mehr. Welche Ideologie haben denn China und Russland? Erobern? Viel produzieren? Schrott erschaffen, Rohstoffe vergeuden? Alles verseuchen? Unfreiheit? Weiß jemand, was diese Staaten wollen, die wir als „kommunistisch" bezeichnet haben oder in Ermangelung klarer Begriffe bezeichnen? Der Karl Marx würden denen sicher seine wütenden Texte um die Ohren pfeffern.

Nein, es ist kein Paradies in Sicht. Auch nicht durch Erdwärme. Als ob Erdwärme ein Paradies schaffen könnte. Wärmepumpen? Oder die vielbesprochenen „Blockheizkraftwerke". Und was ist mit www.daemmatlas.de? Was denn nur?

Wie naiv kann man sein?! Leute, wir sind doch um etliches älter, wir sind 60plus und manche schon über die 70 hinweg. Babyboomer werden eingeteilt für 1946–1964, da gehören wir mit dazu. Wir waren Teil eines „Booms". Wow! Klingt klasse.

Denken wir wirklich, dass Erdwärme die Welt rettet? Und das, wo zeitgleich 10 Millionen Tonnen Plastik angeschwemmt werden ... an Insel A und Küste B? Wacht doch mal auf. Erdwärme ist „ganz nett", aber nicht die totale Lösung für alles, was uns beschäftigt.

Hier soll keine Dystopie verbreitet und durcherzählt werden. Ist unnötig. Dystopie marschiert, marschiert real, da brauchen wir keine Romane mehr schreiben. Oder was in den USA und bei Trump und Musk abgeht. Das kriegt kein Roman hin, was die Realität da gerade anrichtet. Hyperchaos.

Wir wollten alles fein machen. Manche träumten von einem Biobauernhof mit Biobroten und (stets) glücklichen Hühnern. Dann wäre alles fein. Bio-Pullover. Bio-Latzhose. Dann wäre alles „supi".

Ist aber leider nicht so. Bio ist gut, aber der Bio-Bauernhof ist keine echte Lösung. Alle Tiere sollen anständig leben, gewiss, aber wenn endlich die bösen Zuchthallen von „Bauern ohne Herz und Seele" mal gefallen sind, ist die Welt immer noch nicht im Lot. Teilweise wurde was besser, aber nebenan wird ja schon wieder was schlechter. Es gibt mehr Bio im Supermarkt, fein, aber dennoch mehr blöde Typen auf der Welt. Und Gülle!

Ich vereinfache, ja, ich Willy, der Schulz, der Schulz-Bülow, muss hier was schreiben, bei wenigstem Platz. 70 Seiten nur. Auch ich gerate in die Populisten-Gefahr hinein. Ja, ich weiß. Sorry.

Wenn die in den USA und auch in Europa Andersdenkende jagen, wenn Menschen für alles und jedes verfolgt werden, dann hilft ihnen auch kein Biobauernhof, zumal ja die Brandschatzungen kommen, auch die Bomben. Zudem werden queere Menschen angegriffen und Diversität beschimpft, alles ist in Unruhe. Gemeinheit steigt allüberall auf, niemand bekommt es in den Griff.

Rassisten spucken das Wort „Remigration" im Sekundentakt, wenn aber jemand sagt: „Hört mal, wir haben da Hunderttausende … wichtige Leute, mit Migrationshintergrund. Wenn ihr die wegschickt, dann ist alles kaputt, da geht nichts mehr", dann hört's keiner. Aber die von der AfD schütteln lachend den Kopf, ist denen egal. Die wollen nur einfache Parolen, weil die sich dann wohlfühlen. Weil dann Stimmen eingeholt werden können. Lösungen sind nicht die Sache solcher Geschöpfe.

Es gibt Leute, die empfinden Glück, wenn endlich alles kaputt ist. So sieht es doch aus.

[[So isses!]]

[[Iss so!]]

Deshalb machen wir dennoch weiter, Jahr um Jahr, alles soll wieder fein werden. Dort demonstrieren, hier einen Artikel, da einen Insta-Post absetzen ... und viele, viele TikTok-Videos, die so gern simple Botschaften hämmern und hämmern, „bis der Arzt kommt".

Es kommen aber keine Ärzte mehr, auch keine Ärztinnen, weil es Mangel gibt. Ärztemangel. Schwesternmangel. Krankenbrüdermangel. Pflegekräftemangel. Mangel!

Wieso sollen eigentlich Menschen von woanders unsere Pflegefälle betreuen? Ist das gerecht? Wer murrt nicht schnell über schlechte Arbeitsbedingungen in Saudiarabien, für die Fremdarbeiter. – Und bei uns? Da ist das dann okay? Ja?

Busse und Bahnen fahren auch nicht, weil nicht genug Leute diese fahren wollen. Blöde Arbeit. Busfahrer und Lokführerinnen sind nicht genug vorhanden. So stehen wir morgens auf und checken erst einmal eine Stunde, welche Linien gerade nicht fahren, wegen Krankheit und so. Oft sind es einfach nur von vorneherein mangelhaft besetzte Personalpools, und der Öffentlichkeit wird dann in scheinbar aktuellen Posts gesagt, „kurzfristig sei was ausgefallen", ein kurzfristiger oder plötzlicher Personalmangel. Die Wahrheit? Nee!

Erfahren wir je die Wahrheit? Auch in der Demokratie wird gelogen, amtliche Stellen antworten nicht, Antworten werden verzögert, oder die antworten mit Sprechblasen. Das wollten wir alles anders, wir hatten noch die SMV, die Schülermitverwaltung, 70er Jahre, toll, toll, toll, und selbst diese Dinge sind verebbt, haben sich aufgelöst. Die Schüler/innen haben nicht viel zu sagen, an den Schulen.

An den Unis ist es auch anders als in und nach der APO-Zeit. Die Professoren und *innen haben die meiste Macht, und die Industrie mit dem Drittmittelgetue kommt hinzu. Dann noch einige Politiker. Studenten nahezu bedeutungslos. So ziehen wir dahin, so zogen wir dahin, aus der Jugend ... hinein in das Alter.

Aber es herrscht dennoch Wohnungsnot. Aber hallo!

Mit dem Auto „fährt man besser" (doppelte Wortidee! Juhu!), auch dann, wenn der ÖPNV nicht recht funktioniert.

Man hätte sich Rüstungsaktien kaufen müssen, dann wäre man heute reich. Ja, was zählt? Moral?

„Kluge" Leute kennen keine Moral, sie kennen nur das Wort: ICH. Trump ja auch. ICH, ICH, ICH, das ist die große Losung. Kauf Dir da, hol Dir da, regel mal was, aber als ICH – die Gesellschaft und die Gemeinschaft ist keine verlässliche Größe.

Ach ja, zwei Millionen Klicks für einen Post. Ist das nichts? Weil ein Hund rückwärts in eine Bäckerei läuft. Ist das nichts? Wir wollen Klicks, nur Klicks sind eine Währung, Geld auch, Krypto auch, aber Klicks (verdammt noch mal!) eben auch. Du kannst 10.000 Seiten lang eine moralische Philosophie aufsetzen, Du bekommst nichts. Aber einmal den einen Post getan, wie der Haifisch fast das Bein des Tauchers verschluckte, fast, oder wie der Walfisch den anderen samt Fotoapparat ausspuckte, und schon hast Du die Klicks, die man angeblich braucht.

Du musst dauernd posten und posten, alle Essen, alle Reisen, alle Strände, die neuen Sneakers, posten, posten, posten.

Wir haben so viel Content, den kann ein Mensch in 10 Billionen

Jahren nicht betrachten. Keiner wählt für uns Sinnvolles aus, wir sind verloren. Posteritis! Neue Krankheit: die Influenzera!

Deshalb sagen immer mehr: Nehmt den Kindern die Handys bitte weg, zumindest(ens) ... bis sie 12 sind oder 14 oder 16 sind. Macht Schulen ohne diese Dinger. Baut Millionen Schließfächer!

[[So isses!]]

Die Menschen starren sich kaputt, Tonnen von Content, wann werden die am Strand angespült? Wann denn? Glaubt Ihr, das kann alles gut gehen, weitergehen? Ja, glaubt Ihr das?

PFAS, Per- und polyfluorierte Alkylverbindungen, davon reden sie jetzt, das ist auch so „modern". Ich erinnere mich, wie Leute zu den Outdoor-Shops pilgerten und sich tolle Jacken holten, für 20 Tage Nepal oder 10 Tage Island, weil alles so regendicht war, bestrichen mit modernster Chemie, ganz toll.

Heute spricht man oft bei diesen Jacken von diesem PFAS, und das geht ja gar nicht mehr weg. Auch das Kleinplastik will nicht mehr weg, es mag im Meer klein geworden sein, zerrieben, aber die Kleinst-Teile schwimmen später in unseren Blut- und Genbahnen. (Bei den Tieren gilt es auch.)

Das ist die Welt, die wir anders wollten.

Wir dachten, es muss ein Paradies kommen, weil wir jungen Flitzer*innen so brausig aktiv sind und es echt besser machen. Echt besser! Alle sind lieb und haben sich lieb. Denn unsere Generation erobert endlich die Welt.

Ist aber dann doch nicht so gekommen. Heute ist vieles anders, ja, aber eben nur anders. Das muss man ja auch mal sagen. Hast Du das eine Problem im Griff (man kann wieder im Rhein schwimmen, ohne zu sterben, aber schwimmen im Rhein ist auch mit sauberem Wasser verdammt lebensgefährlich), kommt das nächste herbei: Elektroautos müssen sein, aber bald sind die seltenen Erden erschöpft, die man doch braucht, zum Beispiel für die Chips. („Seltene Erden" werden übrigens nicht dadurch mehr, dass man sie abbaut. Sondern noch seltener. Das scheinen andere aber anders zu sehen. Die wollen alles schnell, schnell abbauen. Fein durchdacht! Fein!)

Außerdem explodieren die Batterien von den E-Autos gerne mal, bei Unfällen muss die Feuerwehr lange nachdenken, wie sie vorgeht, wenn was mit „Elektro" drin brennt.

Du willst „gut" sein, holst folglich ein Elektroauto (falls genügend Geld für ein solches vorhanden), aber da hängen die seltenen Erden dran. Ungut. Ungutes Gefühl.

„Ein Elektroauto ist nicht so doll." Und: „Ich habe ein schlechtes Gewissen!", rief Adelaide-Mariana Gulp ganz laut. Fuhr aber dann doch frisch frei aufs Elektroauto ab. Hugo-Baldrianus Zerps kaufte sich sogar einen TESLA, aber wir wollen doch auf den enthemmten Musk gerne auch wieder zurückspucken, da können wir den TESLA erst recht nicht kaufen.

Der Musk macht dann mit seinen Gewinnen schlimme Dinge. Ach so, ein „Klassiker" bei Musk: das Kündigen. Er liebt das! Es ist sein Hobby. (Er hat dem Trump ja auch die Behörde fürs Kündigen und Einsparen bis aufs Blut, die „Doge", vorgeschlagen.) Dabei Trick Nr. 17786, das ist der Überraschungsangriff. E-Mail-Accounts sperren, wusch. Türschlüssel zuschweißen oder über Nacht austauschen ... oder elektronisch was umschalten, bei den Einlass-Codes, wusch, schon sind Zehntausende von den Arbeitenden weg. Aus. (Lass die doch klagen, die kommen eh nicht mehr zurück.)

Die Methode Musk ist herzlos, und deshalb so „klassisch".

Diese Methode kommt ins neue Buch für besonders erfolgreiche Manager-Personen: „Management 4.0" – Dazu die Aufforderung: „Lernt endlich mal von Musk!" (Musk war mal einer der „Fritzkes" beim Bezahl-Dienst PayPal, muss man auch wissen. So kamen erste Reichtümer in seine Fingerlein.)

Verfassung und Justiz sind da immer störende Dinge.

Wenn Diktatoren herrschen wollen. Wenn überzogene Business-Erfinder-New-Tech-Gurus endlich „machen" wollen, was sie tun. Völlig frei. Freiheit gilt immer nur (fürs Sich-Selbst) allein!

Schon die katholische Kirche hat bei den unzähligen Missbrauchssachen die (staatliche, und auch die innerkirchliche) Justiz umgangen. Alle wollen an der Justiz vorbei schlimmste Geschehnisse zulassen. Verwischen. Auch selber Böses veranstalten.

Heute in den USA, da macht man einfach mal. Egal, wie es rechtlich aussieht. Justiz umgehen, das bereitet Spaß. Da juckt es in den Fingern. „Verfassung und Justiz, beides stört mich in meiner Entfaltung!" So sagen die dann, die neuen Herrscher der USA.

Und Deutschland?

Soll ich FDP wählen? Gute Idee? (Ach so. FDP, 4,3 %, ist ja erst mal vorbei, muss sich neu berappeln.) Freiheit ganz ohne Verfassung? Viele Rechtsanwälte, aber ein entfesselter „Liberalismus".

Kommt es am Ende darauf hinaus? Kohle und Umsatz? Gier?

Welche Vision ist denn überhaupt noch da, um eine Welt besser zu machen?!?!

Frieden? Dazu wie der Lafontaine und dann zusammen mit der Wagenknecht eine Russlandpartei bilden? Ist das die neue Welt, die uns erwartet? Pro Putin? Also so: „Diktatur = Frieden"?

Nee, so war es jedenfalls nicht (gedacht), als wir jung waren.

Da war es irgendwie anders.

Frieden, gern – aber es kommt keiner nach vorn, wenn wir Russland hofieren, Herr Oskar, Frau Sahra. Die Leute können einem doch sehr unsympathisch werden. (Ja, ich geb's zu!)

[[So isses!]]

Wir finden doch eher toll, wenn Frau Yezil Müller-Kösscol mit Frau Hannelore Mayer-Schnivvers 5 Minuten beim Einkauf redet. Was für eine großartige Welt! Reden, menschlich sein. Wie aufregend. Lissy del Bataio spricht mit Raffza Bernd Guereso-Bil.

Nette Leute, gute Leute, feine Leute, anständige Leute: Das ist das, was der Mensch braucht.

Oder Harry-Peter Glibsch redet mit Folkert, genannt Folki, von Stuffelen. Silke Bressheilinger kommt hinzu. Alle drei reden nun. Ganz weich, ganz sacht. So liebe Menschen. Das ist Existenz in reinster Klarheit. Umarmt Euch! Umarmt die Tage!

Dazu ein Straßenfest oder die Kiezparty oder der Techno-Run, das sind die Dinge, die uns in Trab halten: Kommunikation, Wettbewerbe, das Feiern, alles das. Beim Marathon am Straßenrand stehen und die seltsamen Gestalten anfeuern.

Das Leben ist sinnlos, wenn man ihm keinen Sinn gibt. Der Trick besteht also in der Sinngebung.

Dazu haben wir immer denselben Kreislauf des Jahres gebastelt. Frühling ist immer am 20.3., nicht der meteorologische, sondern der übliche, der volkstümliche. Jahr für Jahr, ob es regnet oder schneit. Im Kalender steht „Frühlingsanfang".

Dieses Jahr ist Karneval oder Fastnacht, nächstes Jahr aber auch. Alles bleibt. Weihnachten kommt, wenngleich es in D-Land immer weniger Christen gibt. Weihnachten ist heute ein familiär gestaltetes „Dekorationsfest". Funktioniert jedoch. Ostern ähnlich.

So ist es nun mal. Bei Sturm fällt was aus, bei schlimmer Weltlage wird auch was abgesagt, gänzlich abgesagt, ein Umzug, eine Großveranstaltung, alles solches – aber dann kommt es dennoch immer wieder. Das Beharrliche.

Es gibt ein Auf, es gibt ein Ab, aber die Dinge bleiben bestehen: Karneval und Fastnacht bleiben bestehen, zumindest ... wenn die AfD das nicht abschaffen will. Weihnachten. Ostern. Frühling.

Abschaffen? Dann würde man natürlich erzittern. In Wut.

Populisten können alles. Populisten gibt es auch in den anderen Parteien. CDU, CSU, FDP, GRÜNE, DIE LINKE etc., auch die kennen den Populismus. Und nutzen den knallhart. Wie der Merz diese Sache (Entschließungsantrag, also nur Wortgeklingel) mit den Stimmen der AfD machte. Populismus hoch 19. Und alle Grenzen sichern, dabei gibt es dafür nur 10 % genug Bundespolizisten dafür. Das wird natürlich nicht gesagt. Denn der Populist schnitzt die Welt einfach, weil er so Erfolg haben kann. Das zahlt sich in Stimmen dann gerne aus.

Dem Populist ist egal, dass er auf lange Sicht die ganze Gesellschaft zerhaut und zerkloppt. Wenn dann ein CDU-Populist aufwacht, Scham, das endlich erkennt, was auch seine Partei verbockt, versteht, es begreift, ist es aber schon zu spät.

Wir wissen das, gewiss, aber man fragt uns nicht. Die Rechtsanwälte, die sich in die FDP hochgehüstelt haben und dann im Neo-Liberalismus sich ergingen, die machen einfach. Alle machen einfach. Ein Bundestag voller Juristinnen und *en.

Viele machen auch weiter. Die SPD geht ja unter, aber die vorne, die machen einfach weiter, als wäre nichts gewesen.

So also funktioniert das alles auf der Welt.

Es ist erschütternd, es ekelt, aber es ist die reale Welt. Niemand mache sich etwas vor: Die reale, primitive Welt, der kleine, miese Mensch ... so ist es nun mal.

Wenn der Trump den Selenskyj/Zelensky fertigmacht, sogar TV-öffentlich im Weißen Haus, dann ist das zugleich eine generelle Offenbarung für den wahren Charakter so vieler Menschen.

Das Mannifest kann uns nur insofern helfen, das Prinzip zu erkennen, darum zu wissen, und dennoch friedlich, fröhlich und frei weiterzumachen.

[[So iss es!]]

Das Böse tropft von den Wänden, aber es sind etliche Menschen, die sich dagegenstemmen und sagen: Wir leben ein gutes Leben, ja. Wir haben Ecken, wir haben Kanten, aber moralisch denken wir über die Dinge nach. Wir wollen niemandem schaden, wir schätzen eher das Gute, suchen das Glück in der Welt. (Auch wenn andere so gemein sein können!)

Wir helfen weiterhin den Menschen über die Gassen und Straßen, wir grüßen, wir singen, wir lachen. Wir kennen den, wir kennen jenen. Wir kennen auch diese. Da ist ein Talk angesagt, kann auch mal small sein, der Talk. Hauptsache, es dient dem Großen und Ganzen als einer Welt, die lebbar bleibt und die lebenswert ist.

Wem erzähle ich das?! Du weißt es doch am besten.

Aber die anderen Kräfte, die alles nach unten bringen wollen, die mit dem Hyper-Ego, die sind dennoch da. So leben wir nicht in einem Paradies, sondern in einer Welt der höchsten Widersprüchlichkeit. Das wissen wir. Aber alles ist, wie es ist.

Dafür mussten wir uns erst einmal aus den 50ern nach vorne bewegen, „erwachsen" werden, um den Kern vom Kern des Kerns zu erfassen.

Haben wir das denn?

Frag doch mal den Patrik (ja, polnische Schreibe!) von Klüssin-sky oder die Islak von Lagermelcher. Oder die Inci. Frag doch die! – Überall laufen Menschen und Meinungen herum.

Religion sagen die einen, Windräder die anderen. Dann gibt es noch Leute, die haben Geld und Pferde, und dann kann das Reiten die große Erlösung sein.

Der Kleingärtner schwärmt von seiner Parzelle, die Yoga-Trainerin versteht nur „Rücken". (Hape Kerkeling verstand es auch, früher mal, aber der hat dann doch wieder einen neues Buch am Start, wo es um was ganz anderes geht. Hape kann sein Geld dagobertlike schaufeln. Buch um Buch. Ein Vermarktungsgenie.)

Also: Tausende von Ideen des „wahren Lebens" durchpflügen diese Welt. Erdbeeren selber sammeln, auf dem Feld. Ganz pfiffige Sache. Oder der Bauer steckt ein paar Parzellen ab und die Städter kommen raus, mieten sich eine Parzelle, und dann pflanzen die selber Hirse und Spinat an, einfach nur. Als Freude. Das Gedeihen beobachten. (Die Kinder mögen es ja auch.)

Aber man muss sich da was eigenes zusammensuchen. In der Vielfalt. Das, was zu einem selber passt. Es soll ja auch welche geben, die zur Lego-Weltmeisterschaft wollen. Bitte! Andere bauen (unbedingt!) eine Steinterrasse, eine Steinzufahrt, einen Steingarten und lassen bei all dem Stein (und Beton) keinerlei Lücke, damit auch nur 1 Milliliter Wasser bei Regen in den Boden einsickern könn(t)e. Blöd aber auch!

Oft ist es aber aktiv gar nicht recht möglich. Mit den Ideen von der „Erfüllung" der Existenz bei uns allen. Erdentiere!

Du brauchst Voraussetzungen dazu! Immer!

Wir werden ja prinzipiell reingeboren, in die Welt, ob wir

in Prüm oder Köln rauskommen, in Ulm oder Mettlach, ja, da beginnt der Ärger doch schon. Berchtesgaden ist wieder anders! Oder eine Stadt im Osten: Cottbus. AfD-Stadt Pirna.

Bist Du Arbeiterkind? Nein? Sind die Eltern Fabrikanten? Nein? Apotheke? Nein? Kleine Schreinerei? Ach so, der Vater war Jongleur beim Zirkus? Nein? Die Mutter hatte ein Geschäft für Wollwaren? Nein?

Ach so, der Opa war schon im Krieg gefallen, ich verstehe, Krieg I. Und der Onkel dann in Krieg II. Ach ja. Das Haus wurde zerbombt. Nun ja. Und nun betrachten wir alle neuen Kriege in der Welt, in Europa und überlegen, ob der große Weltkrieg Nr. III noch kommen könnte, dieweil wir weiterhin auf dem Globus unser Wesen und Unwesen treiben.

Ja, sicher, es muss auch mal was gespült werden, Lebensmittel sind einzukaufen, eine Sicherung ist auf „kein Strom" umgesprungen. Die Fensterscheibe hat einen Riss. Die Batterie vom Auto ist leer. Alles das Alltägliche, es nervt, und auch: Es beruhigt. Aber „abwählen" kann man den Alltag so nicht.

Alltag ist immerzu irgendwie da.

Da wollen dann Leute davon weg und spritzen sich die Lippen auf, dass man damit Schlauchboot fahren könnte. D-Promi-Frauen.

Dazu diese Tattoos, sie werden jede Woche mehr und mehr. Man kann im Frühling nicht mehr „frei" herumschauen, zum Beispiel auf der Parkbank, weil ja so viele Arme daherkommen, die bemalt sind, aber dennoch aussehen, als hätte man das Auto-Öl daran schlecht abgewischt.

Oder bunt, bunt, bunt, Tattoos, die nun auch bis ins Gesicht reichen. Es hört nicht auf, es wird mehr und mehr. Tattoo...ismus! Beginnst Du bei Instagram, lässt Du Dir erst fette Tattoos machen, weil Du denkst, das hülfe bei Klicks und Gucks.

Andere sind einfach nur „Macher", kaum Gewissen, vielleicht ganz ohne Tätowierung, und doch waren die immer super vernetzt. Vernetzt sein, das ist auch eine Währung des Erfolgs, sofern man „Erfolg" auch „Erfolg" nennen will.

Ist es „Erfolg", wenn ich ranghohen Politikern auf die Schulter klopfen darf, während die wiederum unbedingt zu meinen Partys kommen wollen? Ich, der Unternehmer des Nehmens?

Benko sitzt jedenfalls endlich in Untersuchungshaft, Ende Februar 2025 wurde die übrigens erneut verlängert. Der wollte auch die große Welt. Hat Tausende von Menschen in den „Abgang" geschickt. Diese Immobiliensache: Kaufhof und so, dann die extra Besitzfirma, die dann an die Kaufhof-Betreiber-Firmen vermietet hat, geniale Idee des Splittings: a) Hausbesitzer-GmbHs b) Betreibergesellschaften. Dann extra hohe Mieten, die Immobilien wurden nun auch höher bewertet. War so geplant. (Die Betreibergesellschaften aber konnten nicht überleben, Mieten zu hoch, Kaufhof machte keinen Gewinn.) Dann der Zusammenbruch, allein schon durch andere Zinslage. Und so wurde Kaufhaus-Galeria-Karstadt in so vielen Städten ins Aus geschickt. Menschen ohne Arbeit. Sind diese denn wieder untergekommen? Oder weinen die heute noch? Es ließe sich jahrelang weinen, wenn man das (medial reicht schon!) erlebt, was auf Erden so passiert.

Man möchte so vielen helfen. Aber wer kann das? Die ganzen Geschändeten, verloren in Alkohol und Drogen, abgeschoben in schlimme Wohn-Quartiere, manche zum Verbrechen schon „geboren", so scheint es, können nichts dafür, ist deren Gencocktail, ist das soziale Umfeld. Die Welt fragt nicht.

Es kommt auch kein Gott, der hilft. Von dem reden alle, aber er kommt nicht. Gott lässt ja x-fachen Missbrauch zu, an jungen Menschen, durch Pfarrerspersonen und Pastorenmieslinge und Mönchsgestalten, wer immer noch. Die Kirche lässt es zu, Gott also auch. – Nein, Gott handelt hier auf Erden nicht. Gott lässt Hunger, Armut, Tod und Kriege und Weiteres zu. Alles Schlechte.

Soll mal einer erklären, warum Gott allein schon die besagten minimum 45.000 von den ukrainischen Soldaten (Putin hat angegriffen!) sterben ließ und lässt. So die Zahlen, können viel höher liegen. Zivilisten kämen noch extra. – In Russland dann auch noch. Über 100.000 russische Schießlinge tot. Oder mehr. Aber genaue Zahlen kennt keiner. Alles nur Schätzungen. – Zivilisten? 20.000 in der Ukraine? Nur die Toten? Oh Graus!

Soll doch mal einer mir das sagen! – Gott ist ein Versprechen auf alles nach dieser Erde, auf die andere Zeit, aber eben nur ein Versprechen, niemand kann es kontrollieren. Alles ist ungewiss.

Ja, was soll's? Glaube doch! Bitte, jede/r mag glauben, was er will und wie sie will. Wenn er (oder sie) bloß nicht schandmissionarisch durch die Welt hastet, um allen das „wahre Leben" zu verkünden. Dazu das auch aufzudrängen. Dann es mit Gewalt aufzuhalsen. Am Ende durch Attentate den „wahren Glauben" zu verbreiten. (Nicht verbreitern mit „r"! Bewirkt wird ja das Gegenteil. Ist also alles per unlogisch. Aber genau so tickt unsere Welt! Als hätte man uns die Hirne und Seelen amputiert.)

Das geht mir so auf den Keks. Diese Leute von 100 %. Die alles dogmatisch sehen. Humorlos dann gerne auch noch.

Es ist alles anders, als es schon anders ist. Die einen sind reich und gesund, die anderen sind arm und krank. Es gibt auch reiche Kranke und arme Gesunde. So vielfältig ist alles. Das große

Lebenslotto fragt Dich nichts. Du denkst aber immer wieder, da kann man was dran machen. Zumindest etwas. Wir werfen uns dem Schicksal nicht blindlings vor die Füße. Oh nein!

Wir Babyboomer wollen immerhin etwas von alledem mitgestalten.

Und so fängt das Leben ja dann auch an. Alle machen, alle tun. Der eine trampt durch die Welt, kommt bis zum Hindukusch, der andere bleibt brav im Dorf und erlernt ein bäuerliches Handwerk. Wird sogar ein echter Bauer. (Mit Gülle dabei?)

Wie wollen wir das bewerten? Gar nicht. Man kann das Leben nicht bewerten, man kann es nur „tun", und dann passiert etwas, etwas wird, und so geht es weiter und weiter. Hast Du dir mit neun Jahren den Großen Zeh doppelt gebrochen, kannst Du eben nicht mehr Profitänzer werden. Lahmt der Arm, ist Bogenschießen schwer möglich. Zumindest für Meisterschaften wird es kaum noch reichen.

Solltest Du mit zwanzig Deutscher Meister im Boxen (Amateure) geworden sein, besagt es aber nicht, dass Du mit fünfundzwanzig glücklich bist. Alles ist widersprüchlich, nichts ist klar. Warum der so und die das? Wie kam es dazu? Kann man noch umkehren? Kann man alles neu beginnen?

Ich habe die falsche Lehre als Schlosser gemacht, darf ich als Fitnesstrainer noch einmal neu durchstarten? Sie wurde Ärztin, wäre aber lieber Buchhalterin geworden. Kann sie nun ein neues Leben als Buchhalterin beginnen. Mit 42? Einfach so? (Außerdem sind die Löhne da viel geringer.)

So tackern sich die Menschen durchs Leben. Die einen malen feine Aquarelle und verziehen sich mit ihrer Staffelei an den Staffelsee. Andere pflegen die langen Waldspaziergänge und haben sich extra einen Hund angeschafft. Dann aber zweifeln sie an der Entscheidung, denn sie müssen ja nun „Gassi" gehen, wieder und wieder. Tag um Tag. So war das nicht geplant. Also wird die 14-jährige Heike das Tier nun irgendwo an einen Baum im Park anbinden. Dann ist die den Hund los.

Andere kaufen sich Decken und Umhänge für das Tier, Spielzeug, verfolgen alle Bücher, Live-Events und Fernsehsendungen von Herrn Rütter, leben nur noch für den Hund. Da kann der Nachbar an der Leberverkümmerung leiden, die Kioskbesitzerin von gegenüber einen Herzinfarkt bekommen, sie selber denken nur (noch) an den Hund.

So also ist diese Welt – so oder anders.

Man beobachtet so viele Dinge. Bist Du nur 10 Minuten in einem REWE, hast Du schon so viel gesehen von der Welt. Wie unterschiedlich die doch sind. Was die kaufen! Was die nicht kaufen! Wie unterschiedlich! Einzigartig auch noch.

Auch Aussehen, Kleidung, Haltung, der Gang. Die Menschen sind nicht gleich.

Sobald man aber von weiter weg guckt, wo die Menschen nur noch kleine Punkte sind, aus der Luft, dann werden sie doch wieder gleich. Ein Schlag „Mensch", unsicher und zweifelnd, wild und ungestüm, gerecht und weinerlich. Wir erleben so viele von diesen Leuten, die sich als „Menschen" bezeichnen.

Schon kommen die ersten Personen an und faseln von „Rassen", dann geht der Ärger los. Bei „Rassen" ist nichts zu machen, weil der „Rassismus" auf dem Fuße folgt, und es geht wieder um richtig und falsch, um groß oder klein, um Hoffnung und Verzweiflung.

Rassismus ist vollkommen bescheuert, aber dennoch immer

da. Man kriegt das/den nicht weg.

Da geht jemand seine Treppe hoch, Mietshaus, wohnt aber im vierten Stock. Ist das fair? Jörn oder Mella? Arturo oder Yin-Yan?

Da ist die andere Person, wohnt im Erdgeschoss, alles hell, breite Gänge, Tiefgarage direkt darunter, alles easy, es kommt sogar dauernd ein Lieferservice, wie praktisch, allerdings klingeln die dauernd. Das wird dann wieder nervig.

Dann geht der Aufzug kaputt. Bei Vonovia, wenn Du da Mieter/in bist, kommt meist keiner, keine Reparatur, wochenlang nicht. Aber im schicken Appartement, da geht es oft sehr schnell … und alles flutscht wieder.

Wenn nur nicht die Pumpe fürs Aquarium kaputtgegangen wäre!

Halt, ich brauche doch das Ersatzteil. Sicher, das Ersatzteil. Aber wo bekomme ich es her? Man schmeißt doch heute alles direkt weg. Ersatzteile gibt es nicht mehr. Ganz oder kaputt. Das ist die Frage. Wenn „kaputt", dann ist das Wegwerfen so nah. Auch so leicht. Ja, ja, ja, ich kann doch nichts dafür. (Wie gerne würde ich kaputte Elektrogeräte in den riesigen, kochenden Krater hinweinwerfen! Muss man aber erst mal dahinkommen. Wo gibt es den denn?)

Da sind dann welche, die leiten und betreuen „Reparaturcafés", das ist so groß gedacht, aber auch die können keine Ersatzteile herbeizaubern. Die Industrie will nicht!

Es soll ja alles hergestellt werden und dann schnell in den Müll, damit wir wieder neu kaufen. Ersatzteile stören da eher. Wieso also Ersatzteile überhaupt noch herstellen?

So pervers ist dieser Globus. Alles abbauen, einkochen, zu Stahl pressen, und danach schnellstens wieder wegwerfen, ja,

ja, ja, und Wirtschaft ist, wenn viel produziert, viel weggeworfen und alles nochmals wieder neu produziert wird. So sind die
Volkswirtschaften „erfolgreich". Also sind zusammenbrechende
Brücken, Carolabrücke Dresden als Beispiel, auch etwas Großartiges, denn für den Neubau wird ja wieder die Wirtschaft ange-
kurbelt. Es geht um Daten, um Tonnen ... und um die Umsätze.

Was will man da noch sagen? Nichts.

China wird gerade groß. Die produzieren alles, wir werfen alles
weg. Die Sachen kommen schon als halber „Müll" auf den Markt,
ich denke an Temu. Da wird dann im deutschen Fernsehen getestet und getestet, und so vieles ist schon irgendwie kaputt, weil es
bereits von Beginn an so mies hergestellt wurde. Temu und Ver-
brauchersendungen gehören letztlich zusammen. Temu schafft
Arbeitsplätze bei der Stiftung Warentest ... man muss doch mal
gegen den Strich denken.

Dennoch kaufen die Menschen. Ihr Hirn ist leer, das Herz ist
leer, da bleibt nur noch das Kaufen. Etwas posten oder etwas
kaufen. Oder beides. Ich kaufe mir was super Billiges bei Temu
– und das fotografiere ich, und dann poste ich es auch. 1032 Follower, jeder fängt mal klein an.

Die Marie aus Westerland (Sylt) ist erst sieben Jahre, hat aber
schon 12.000 Follower. Sie beknipst immer das Meerschwein-
chen Lizzi, andere finden *genau das* so süß.

Das wahre Leben ist allein dieses: Content machen und anderen „followen". Wenn ich 4321 verschiedenen Accounts folge,
dann habe ich bereits so viel zu begucken und zu bearbeiten, da
komme ich nicht mal mehr dazu, die Zähne zu putzen. Wo finde
ich noch Schlaf, bei dem, was doch alles zu begucken ist?

Ich *muss* doch followen. Kapiert das denn keiner? Das wirkliche Leben findet da statt, am Screen vom Phone. Dazu presse ich die kleinen Tasten bzw. die auf dem Smartphone-Bildschirm vorgetäuschten Opti-Tasten und chatte mich durch die Welt. WhatsApp ist großartig, aber das Tippen fällt den alten Menschen immer schwerer, allein schon weil die Finger nicht mehr so grazil sind, wie einst, als man dezente siebzehn Jahre alt war.

Aber damals gab es das alles nicht. Auch nicht die Mini-Buchstaben zum Betippen auf einem kleinen Gerät, wo alles so schwierig zu erkennen ist. Wahrscheinlich hat die Optiker-Industrie mit der Augenärztinnenlobby die Smartphone-Klein-Dinger erfunden.

Wir sind groß geworden, als der Fernseher endlich farbig war, 60er. Farbig! Das war für uns schon groß. Als die ersten Telefone mit Tasten kamen, statt mit Wählscheiben, riefen wir immer noch: „Wie modern!"

Niemand aber dachte an Homepages, an Internet, an Mails, an Smartphones, an Funkmasten, an Apps, an Temu und Amazon. Das war noch so weit weg. Oder an Deep-Fake-Erstellung für Jedermann per neuester Hype-App.

Oder die Sache mit der „Beatmusik", das war doch eine Revolution. Wenn man „Rolling Stones" nur aussprach, haben sich die Leute pikiert weggedreht. Und dann wurden die „Steine" später zum „Sir" geschlagen, in England, also UK.

Die Dinge ändern sich eben.

Wir waren früher revolutionär. Irgendwie schon, APO, Anti-Vietnam, Anti-AKW, keine Waffen, Peace, John Lennon, Yoko Ono ... und immer der Traum vom Paradies, wo wir in stets gutgelaunten und sich gegenseitig mögenden Gruppenkonstrukten Möhrlein anbauen, und dann ist das Leben endlich richtig süß und fein. Sauerampfer nicht zu vergessen. Dinkel. Mangold.

Mittlerweile heißt es, die Babyboomer brechen uns weg, gehen in Rente, die fehlen uns. Welche Jahrgänge gehören da rein? Es stand schon weiter vorne hier im Buch. Schau doch dort! (Gewiss: Das Mannifest kann auch mal gemein sein! So!)

Aber es sind ja nur soziologische Zuordnungen, das gibt uns nichts. Wir haben jedenfalls die Elektrogitarre gehabt und dann Songs von Bob Dylan nachgespielt. Es versucht. Knock, Knock. Und Knocking noch.

[[So isses!]]

Ach, wie herrlich. Dazu überall Hippies, selbst wenn es nur von Bad Mergentheim nach Meckenheim ging. Das süße, kleine Pop-Konzert. Wir waren alle irgendwie Hippies.

Die Sache mit den besetzten Häusern, das war auch wieder so ein Ruck durchs Pflaster. Aber was blieb? Wir finden keine Wohnungen mehr. Was blieb? Wo wohnen denn noch große Gruppen?

Es gibt dann eine Landkommune bei Kassel oder im Raum Brandenburg, da wird dann mal von berichtet, oder wenn reife Menschen sich zu Wohngruppen quer durch die Alterslagen finden, Mehrgenerationenhäuser. Immer noch solcherlei kleine Träume vom besseren und besten Leben. Hast Du sie auch?

Dabei schmerzt der Kopf oder der Rücken oder die Magenfalte. Tabletten rein, es geht weiter.

Man hört von Kindern und Jugendlichen, die sich am Kiosk Lachgas kaufen, ganz legal, und doch ist es super schädlich. Warum tun die das? Warum verbietet es keiner?!

So wird also immer wieder was verboten. Dass Cannabis freikam, war da fast wie eine Revolution. Aber man muss das Zeug mögen. Ich tue das nicht. CDU erst recht nicht. Es sind viele auch leer im Kopf, die dauernd das Zeug rauchen. Zumal niemand weiß, welche Shit-Qualität da gerade aufglimmt. (Und den Park in Kreuzberg, den Görlitzer Park, angeblich sagen welche „Görli", haben sie immer noch nicht von Drogendealern freibekommen. Jahrzehnte geht es schon so.)

Unfassbar! Auch das allgemeine Versagen. Manche Dinge bekommt niemand „in den Griff", das geht weiter und weiter, es wird probiert. Aber doch kriegt's keine/r hin.

[[Iss so!]]

Also ist das auch nur eine sehr begrenzte Möglichkeit von „Freiheit". Der Rausch!

Am Ende schädigt so vieles. Alkohol, Tabletten, Drogen, Süßigkeiten, Fett – danach bleibt der Schaden. Mensch und Schaden sind eine Einheit.

Wir fahren dann weiter nach Frankfurt, müssen durch das Bahnhofsviertel und verstehen dann, dass das wahre Leben im Falschen so besonders bitter enden kann.

Wie „Leben" funktioniert, begreift man dann, wenn die Drogenszene fünf Jahre am Platz A sein soll, dann verschiebt die Stadt nach Platz B, sieben Jahre später wird wieder zurück nach Platz A gedrückt, aber es bleibt immer dennoch eine Drogenszene, und Sozialarbeiter*innen mühen sich 40 Jahre im gleichen Beruf. Sind sie in Rente, müssen sie feststellen, sie haben Gutes gewollt, Gutes getan, aber die Dinge sind ureigentlich kaum anders geworden, kaum besser.

Drogensucht bleibt eben immer da, irgendwie. Mal mehr, mal weniger. Aber eigentlich immer. Mensch = Drogensucht.

Da kannst Du wieder Deinen Gott anrufen, dem ist das alles

aber egal. Das Thema Gott hat nur Bedeutung für das „Danach".
(Falls überhaupt.)

Wenn man älter wird, durchschaut man das alles noch mehr.

Der junge Mensch ist voller Kraft und gerne naiv. Es wird alles anders! Das ist dann seine Parole. Der alte Mensch aber kennt die Dinge. Mag der Rhein auch sauber sein, ist dennoch eigentlich kaum etwas so richtig anders geworden. Verändert, ja, ja. Aber richtig und vollkommen anders? Das Ganze?

Ist denn die Armut abgeschafft? Das Alter? Die Krankheit? Natürlich nicht. Alles ist da, wird auch in 100 Millionen Jahren noch da sein, sofern es Menschen so lange überhaupt schaffen, den Erdball bis dahin am Laufen zu halten. (Zudem: ohne „seltene Erden" dann auch noch!)

Ich stelle mir immer wieder meinen Krater vor, der mindestens einen Kilometer Durchmesser hat, und dahinein kippen wir alles, was uns missfällt.

Warum ein altes Sofa zur Müllumladestation fahren? Wer soll damit was machen? Nein, wir fahren das alte Sofa direkt zum Krater, dahinein, Schwefeldämpfe steigen auf ... und alles ist fort. Vorbei. Verhitzt. Auch die weißfurnierten Spanplatten, alles fahren wir zum Krater. Das wird ein richtiger Kult.

Auch Massengräber, wenn sie gefunden werden. Alte Kriegsverbrechen, Jahre später entdeckt. Man fährt die ganzen Körper zum Krater. Rein damit. Und weg ist das Problem.

Kaputte Kühlschränke auch.

Aber so kommt man auch nicht weiter. Es muss immer etwas passieren, aber dann ist schon das nächste Ereignis da. Eine Meldung. Die Warnung. Hinweise.

Eine orangefarbene Lampe am Armaturenbrett, nicht rot.

Orange. Motorwarnlampe. Was bedeutet das nun wieder?

Oder: Man soll sich gegen alles impfen lassen, schön, aber der Tag hat nur 24 Stunden. Man weiß es nicht, ob „die Impfe" richtig ist. Aber muss dennoch selber nachdenken. Die Leute empfehlen dies und das, aber haben sie auch recht? Hinzu kommen Fake News, dann Halbwissen, dann Verschwörungstheorien. In der Fülle der Botschaften weiß kein Mensch, was wahr ist, was unwahr, was halbwahr.

Gesundheitsminister Kennedy? Da kann man nicht mehr lachen. Das ist zu absurd. Kein Quatsch ist zu groß, dass man nicht Minister („Secretary") damit werden könnte. Es müssen die Dinge eben nur in den richtigen Bahnen laufen. In den USA.

Am Ende entscheidet man dann nach Gefühl. Ich muss Leute haben, denen ich vertrauen kann. Aber darf ich das bei dem Gesundheitsminister Deutschlands tun? Prof Dr. Karl Lauterbach? SPD? 2025-er-Direktwahlkreis „Leverkusen – Köln IV"? Da ist dann Köln-Mülheim dabei. – Nein, natürlich nicht!

Vertraue niemandem. Schalte das eigene Köpfelchen ein.

Kann ich nun selber alle Studien zum Thema „die Impfe" lesen, langweilige Textsorte, viele Seiten? Zahlen? Kolonnen von Daten? Nein, natürlich nicht. (Köpfelchen ist klein.)

Wir surfen durch die Welt, haben Lebenserfahrung, aber alles wissen, das können wir nicht. Jede Zehntelsekunde wird Wissen von – sagen wir mal – 10.000.000.000 dicken Büchern, heute wird die Menge aber als „Content" getan, neu im Internet landen. Bücher sind ja kein Maßstab mehr, eher Megabytes. Ter(r)abytes. Saturn-Bytes? Milchstraßen-Bytes? Unmengen! Wie soll man da hinterherkommen?

Schmeiß den Scheiß in den bereits erwähnten Krater, den

anderen Murks aber in die Cloud. Die Cloud will ja auch was zu tun haben. In die Cloud können „die Bösen" auch fein reinschauen, Daten begucken, Daten klauen. Elektrodigitalisch; Krankenaktenkarte! („Total sicher! Vertrauen Sie uns!" – Sind wir blöd?)

So haben wir massig Zeugs und Informationen, besser geht es uns aber (immer noch) nicht. Es grassiert die Informationserschöpfung. Wir „burnen" dauernd „out".

Alles Weltwissen, alle Friedensforschung, alle Konzepte (gerade auch gegen psychotische Menschen) haben uns nicht vor Trump und Musk bewahrt. Auch nicht vor Putin. Auch nicht vor dem mächtigen Mann in China. Xi Jinping. Und dessen Vater wurde in der Kulturrevolution so schändlich behandelt! Ist der Sohn nun eine besserer Mensch? Im Gegenteil. Er scheint trotz der Erlebnisse des Vaters mit dem „Kommunismus" zu unser aller Überraschung ein besonders extrem autoritärer Mann zu sein, der mit „Feinden" gar nicht gut verfährt. Jeder andere Chinese wird nun auch *bewusst* verfolgt und durchüberwacht. Dazu die Völker, die anders sind, kulturell anders-chinesisch. Die haben nur noch Verfolgung zu „erhoffen". Jammer und Tal. Trübnis.

Also: Der Hund wird in der Pfanne verrückt. Sagt man nicht so? Auch direkt *an* der Pfanne. Es ist unvorstellbar, das alles. Nun wollen die wieder mal zum Mond. Wer denn?

Wie viel Geld muss man haben? Du kannst Dir mit Geld ganze Fußballvereine kaufen, passiert in Großbritannien so besonders oft. Aber macht es Dich glücklich? (Sind, ähäm, waren ja auch gerne russische Oligarchen als Käufer. Sei auch erwähnt.)

Warum müssen alle reichen Leute immerzu besonders große Yachten haben. Macht es die denn glücklich? Dann hopsen immer noch zwanzig Bedienstete an Bord mit herum, während Lolita, die

XV., sich im Bikini auf einem Oberdeck sonnt. Ist das Glück?

Die Glücksforscher verweisen auf Finnland. Ich sage immer: Ihr müsst gucken, was die Leute in dieser Kultur sagen. Wie ehrlich sind die Aussagen der Menschen? Wie direkt? Was sieht das Kommunikationsmodell dieser Kultur vor?

Wenn ich in Land X frage, sind die Antworten immer andere als in Land Z, das ist doch logisch. Weil die Kultur bestimmt, wie man sich äußert. Auch wie klar, auch wie deutlich, auch wie lang oder kurz.

In manchen Kulturen soll man immerzu freundlich antworten, nie unfreundlich. Wieder noch andere Kulturen wollen nicht, dass man eigene Fehler zugibt. Dann kommen diese Geschichten, wenn Du nach dem Weg fragst, die Menschen da den Weg mit Sicherheit *nicht* wissen, aber dennoch Dir „einen Weg" erklären. Sie wollen Dich eben nicht enttäuschen. Das sind kulturelle Modelle, aber auch der einzelne Mensch von dort tickt jeweils dann so oder eben anders.

Wer will schon sagen, er habe versagt, oder sie habe alles falsch gemacht. Wer will das schon?

Der Mensch ist eben ein vertracktes Ding, und dafür wird man dann 50 oder 60 oder 70 oder 80 oder 90 Jahre alt, um das vollständigst zu erkennen.

Welche Schlussfolgerungen zieht Mann/man/fra/Frau daraus?

Bleibt man gelassen? Oder wird man wild? Du musst eben jeden Tag aufstehen, und dann das Beste daraus machen. Der Kaffee kommt nicht von allein, morgens der, Du musst irgendeine Maschine in der Küche anschalten ... oder den Kessel, und dann das Zeug händisch in den Filter gießen. Oder Du hast eine Hausangestellte aus einem fernen Land, die müssen dann hier anderen Personen morgens für kaum Lohn den Kaffee machen. – Ist das gerecht?

Nein, natürlich nicht.

Das ganze Leben ist von morgens bis abends ungerecht. Nachts auch noch. Finde Dich damit ab, mach das Beste draus.

[[Iss so!]]

Und jetzt kommt es: Mache das Beste daraus, ohne andere Menschen über Gebühr zu belasten oder zu belästigen. Sei halbwegs „anständig", sei kein Schwein. (Kluges Mannifest!)

Schenk da mal 10 Euro, verzeihe dort, und lächele den Bäckerei-Nicht-Fachverkäufer doch einfach mal wieder an. Oder die flinke Dame hinter der Glastheke vom Eisgeschäft. Oder den schweren Massivkörpermann von der Müllabfuhr. Oder die überschminkte, junge ZFA hinter dem Für-die-Patienten-Möbel in der Arztpraxis, oder in der Apotheke, diese bescheidene PTA.

Ach ja, das gute Leben im Schlechten (der Welt als Gesamtheit) kann doch so einfach sein. So agiert man getreu dem Mannifest.

Das ist gut, richtig, ausgezeichnet. Danke, Mannifest!

[[Iss so!]]

Es mit (nahezu) allen Leuten „können", dort plaudern, hier sprechen, immer im Du, als ehrliche Person, stets auf der Suche nach Kontakten, der Mensch als soziales Wesen, das ist ein wichtiger Kern.

Das zu beherrschen, das ist eine eigene Kunst für sich. Da würde Olaf Scholz gerne etwas von abhaben. Obwohl er sich im letzten Wahlkampf-Wochen-Bereich redlich bemühte, nett und offen und locker rüberzukommen. Zu spät!

Scholz fehlt das Italienische, vielen von uns in deutschen Landen fehlt das Südländische per se. Aber manche haben es eben doch. Deutsche können italienisch sein. Das ist eine Gabe, die muss man haben, erwerben kann man sie nur bedingt.

Hinzu käme die Frage, ob das Glas halb voll oder halb leer ist. Diese Frage verdient nur eine Antwort: halb voll.

Das Glas ist immer halbvoll, mindestens, auch mit 60 noch, auch mit 70 noch, auch mit 80 noch. Daran ist gar kein Zweifel erlaubt!

Würde ein Wissenschaftler kommen, oder eine Wissenschaftlerin, und würde nachgewiesen werden, dass im Alter viele Dinge mühsamer werden, so hat das doch nichts mit den Generalbotschaft des „Halbvoll" zu tun.

Allein der gute, alte Papst. Der Papst der Bescheidenheit. Franziskus. Und mag er noch so angeschlagen sein, er lässt es sich nicht nehmen, zur Eröffnung des heiligen Jahres an die heilige Pforte herangefahren zu werden und anlässlich der Öffnung aus dem Rollstuhl heraus an eben diese Pforte feste zu klopfen. (Hatte er nicht etwas dazu in der Hand? Etwas Heiliges?)

So also schauen wir auf die Wirrnis der Welt. Es wird sich am Grundprinzip von Chaos und Unvorhersehbarkeit nichts ändern. Erdbeben können kommen, aktuell auf dieser Insel da, Santorini. Es brodelt und wackelt, Tag für Tag, Tit for Tat, man wartet, wann es kommt, das große, schlimme Erdbeben. Viele sind fort. (Wollen aber nach erfolgtem/n Beben ganz bald wieder zurück. Verdienen ja auch ihr Geld mit den Touristicos.)

Wer aber hätte vor einem Jahr jemals daran gedacht? Die übervielen Touristenmenschen auf der Insel bestimmt nicht. Dennoch ist nun alles ganz anders dort.

Es ist demnach die Kunst, in der Ungewissheit der Ereignisse, immer lächelnd und bejahend und voller Halbglas-voll-Optimismus zu sein. Das lehrt das Mannifest.

Und andere wegweisende Zitate:

„Die Arbeiten am Gelben Fluss müssen gut durchgeführt werden." (Müsste von Mao sein.)

„Nur eine kann Germany's Next Topmodel werden." (Dürfte von der Klum oder ihrem Management-Team sein.)

„If I were president, the war between Russia and Ukraine would end in 24 hours." (Sollte von Trump selbst erdacht sein. Oder ganz eventuell einem seiner Berater-Flöhe. Ach ja: Wie geht es denn dem Hetzer, Herrn Bannon? Der war sich für keinerlei Murks zu schade. Darf er dem Präsidenten noch was einflüstern?)

„Und überall da, wo es Podcasts gibt!" (Wer hat diesen Satz wohl zum ersten Mal in unseren Denk-Horizont eingebracht?)

Vier Zitate, helfen sie uns? Oder werfen sie nur einen neuen Text-Blick auf das Chaos des menschlichen Schaffens und Tuns und Äußerns?

Man braucht eben nur die entscheidenden Basics, um das Leben als Gelingendes hinzubekommen. Denkt Ihr!

Letztlich weiß sowieso niemand, was das überhaupt sein soll: gelingend. Wann ist es denn so weit? Ab wann dürfen wir ein unsriges Leben als gelingend einstufen?

Wer würde von uns als eher ungelungen definiert werden? Ist Putin gelungen? Ja? Oder doch nein? Cristina Fernández de Kirchner? Gelungen? Eva Braun denn? Muammar al-Gaddafi vielleicht? Alice Schwarzer, die dann mit der Russland-Unterstützerin Frau Wagenknecht in Friedensveranstaltungen „geriet", also: auch unbedingt geraten wollte. (Heute ist sie so still geworden, die „gute" Alice.)

Oder der Mensch von Ungarn, Viktor Mihály Orbán, eine Stufe tiefer als Putin-Trump-Xi-Jinping. Möchte auch autokratisch sein.

Und wichtig werden. Bedeutsam angesehen sein. Gelungen?

Ein anderer. Irgendeiner, einer, der immerzu gegen alles demonstriert. Unermüdlich, wieder und wieder. Gelungen?

Eine, die den Hauptkern des Lebens darin sieht, Lebensmittel unverpackt zu verkaufen? Gelungen?

Einer, der nur Häuser entwirft, die zu 95,28 % aus Holz bestehen. Gelungen?

Eine, die an jeden Laternenpfahl der Stadt den Aufkleber anbringt: „Kaufen Sie weniger Fleisch!" Gelungen? Der Aufkleber? Die Person? Das Leben?

Einer, der immerzu ins Fußballstadion fährt, sich da aber über die wieder und wieder belästigende (und gefährliche) Pyro der Hardcore-Fans aufregt. Ist sein Tun gelungen? Können Fußballfans überhaupt je gelungen sein?

Nimm die Leute, die sich alles über Promis „reinziehen", das neunte Kind von Shakira, der elfte Zusammenbruch von Robbie Williams, die zehnte Scheidung von Heidi Klum, oder auch alle Namen und Zahlenangaben verschoben, vertauscht, ist doch willkürlich ... sind diese das immer wieder „Reinziehenden" in einer gelungenen Existenz aktiv?

Die Liste ließe sich über etliche Seiten verlängern. Immer geht es darum, was die Leute „so tun", mit welchen Sinnlosigkeiten sie den Tag, die Woche, den Monat gestalten. Man will sich amüsieren, ja, ja, es soll die Zeit „vertrieben" (zwei Wortideen passen) werden, auch das, und irgendwann will man sagen: „Mensch, was habe ich doch tolle Dinge erlebt!"

Das kann in einem Männergesangsverein sein, gewesen sein, denn die schließen ja sehr oft in diesen Jahren. Oder bei den „Swingin' Ladys". (Ja, es fehlt bei traditionellen Chören an Nachschub.)

Das kann auch bei der Wandergruppe von Daun gewesen sein. Eventuell auch bei den Racing-Cart-Freunden von Kerpen … oder sonstwo. Nimm: die Angler aus der Pfalz. Das Akkordeon-Orchester von Duisburg. Die Tupperware-Enthusiastinnen aus Weiden in der Oberpfalz.

Ich kann Autos hochtunen, aus alten Plastikflaschen „Mode" gestalten, mir jedes Jahr ein neues Elektrorad kaufen, beim Hundesportverein Hillesheim oder Münningen vorbeischauen. Es gibt so unendlich viele Möglichkeiten. – Orchideen züchten? Vorlesepate werden?

Reiten ist allerdings schwerer, denn das kostet richtig Geld. Es wird leider dauernd teurer, sich auch nur ein einziges Pferd zu halten. Aber auf der Pferderennbahn in Köln-Weidenpesch könnte ich zumindest halbwegs regelmäßig als Zuschauender auflaufen. (Saisonbeginn 30.3.25.) Da sind Pferde „im Auslauf" zu begucken und die laufen im Kreis um eine Stange rum. Wir schauen zu: ohne ein Pferd zu besitzen – nur, um Pferde „in Echt" anzuschauen.

Muss ich aber nicht. Ich kann. Option!

Pferdewetten dann dazu, das vermag ich auch mit wenig Geld. Aber dann droht sofort die Spielsucht. Das ist auch nicht so schön. Spielen soll man ja auch via App nun, dann sich extra Eigenschaften zu den Digi-Spielfiguren hinzukaufen – kostenlose Spielchen werden somit zu Geldschluckaktionen, auch Sportwetten wären zu tun. Geld, Geld, Geld.

Süchte aller Art, denen kann man sich demnach so leicht verschreiben. Der Arzt oder die Ärztin können dann wieder Tabletten dagegen verschreiben. (Zwei Wortideen, aber hintereinander.) Wir drehen uns ja doch irgendwie im Kreis.

Das ist der Vorteil, wenn man schon ein paar auf dem Buckel hat, Jahre, und man kennt den Alltag, man kennt die Unterschiede. Man weiß um die Möglichkeiten. Schön, schön, schön.

Das ist es doch, was uns alle ausmacht: Wissen, Scheinwissen und dann noch all die Widersprüchlichkeiten jeder humanen Existenz per se. Aber mitreden!

Jede Kommunikation von Mensch zu Mensch hat so viele dahinterliegende Fakten und Gefühle. Wenn Pedro den Stephan mal ganz fest mit dem Spaten auf den rechten Arm geschlagen hat, aus Wut, Alter elf Jahre, dann bleibt das immer da. Oder die Nienke haut der Wanja aufs Bein.

Der Arm mag bald verheilt sein, das Bein auch, aber die Erinnerung an diese Wucht, an diesen Schmerz … die bleibt immer da. Wenn Stephan den Pedro wiedertrifft, wird er sofort daran erinnert. – Wanja aber will Ninke nie wiedersehen. Beide wohnen heute in anderen Städten. Na also, es geht doch!

Kann auch umgekehrt gewesen sein: Stephan schlug dem Pedro mit einem klobigen Ast aufs Bein. Auch da würde die Erinnerung nie vergehen, im Tiefenbewusstsein bleibt ja was zurück. Immer.

Die Leute reden von Trauma und Traumata. Ich denke, diese T-Sachen sind eine saublöde Erfindung. Die Leute sagen ja immer gern: Toll, wie Natur das eingerichtet hat. Toll. Die Natur hat alles gut überlegt. Geht der Baum ein, wächst daneben ein neuer. Alles nur toll? Natur? Schöpfung? – Denkste!

Da wird dann alles verklärt, als sei die Schöpfung immer nur großartig, und als ob alles Negative hernach ja wieder ein Positives würde,

Das ist gemäß der Halbvollglas-Sache natürlich ein feiner Charakterzug. Diese Lobreden auf die immer nur sinnvoll gestaltete und gestaltende Natur.

Aber bitte! Traumata braucht keiner und keine. Ukraine, da sind in den letzten drei Jahren wieder so viele Traumata „angehäuft" worden, wie sollen die binnen 50 Jahren wieder weggehen? Binnen 75? Binnen 100?

Oder Gaza? Wer wird das denn vergessen? Jemen? Ich will nicht alle zu beweinenden Länder (mit Einwohnern) aufzählen.

Die Erde ist voller Blut, der Globus schafft die Drehung kaum noch, so viel Blut ist schon geflossen.

Traumata sind schon da, wenn Marietta die Heidi-Lucia in den Bauch tritt. Im Kindergarten oder noch davor.

Wie viel mehr dann also nach Kriegen oder Attentaten. Ja, diese ewigen Attentate. Man hört dann: „[...] reklamiert die Tat für sich."

Wie großherzig, möchte man zynisch denken. Erst kommt die grausliche Tat und dann irgendeine Gruppe oder Organisation, die sich zu diesen Verbrechen „bekennt". Und dann, also dann danach? Was soll dann werden? Was erbringen diese Taten denn in der Idee von Terroristen bzw. Leuten, die heutzutage „durch das Internet" ideologisiert werden bzw. „über soziale Medien". (Da stimmt dann die Sprache auch nicht mehr, weil es ja „asoziale Medien" sind.)

[[So isses!]]

Ich sitze also in Klickerklackersheim, weiß nicht, wohin mit mir, habe vielleicht noch den Hintergrund, dass ich in ein fremdes Land kam, als Flüchtling oder als vermeintlicher Flüchtling, und dann lasse ich mich in meinem Frust aufheizen, bösartigste

Attentate zu begehen, damit nachher irgendeine miese Truppe die Tat „für sich reklamieren" kann?

Was soll das alles? Du stehst morgens auf, machst das Radio an, drückst Dir ein Brötchen rein, mit Holländer Käse vielleicht, und hörst beim dritten Reinbeißen solche Bekenntnisse. Was soll das? Dann fährt ein Deutscher aus Rheinland-Pfalz am Rosenmontag attackierend durch Mannheim. Wieder zwei neue Tote. (Gestoppt hat ihn aber ein afghanischer Taxifahrer, der einige Zeit schon in Mannheim lebt! Aber ja! Ihr müsst die Welt in der Gesamtheit auch erfassen, Ihr Populisten allerorten! Da sind massig gute „Ausländer" unterwegs.)

Es sind im Radio auch mal weise Gestalten, die uns raten, alle Medien zunehmend abzustellen. Denn man/frau hört so viel Schlechtes, dass es unerträglich wird. In gewisser Weise muss die Menge der schlimmen Taten und abscheulichen Ereignisse uns doch alle prägen.

Manche Leute haben mehr Moral und stemmen sich dagegen, andere aber werden ganz klein, und die Seele verfinstert sich, bis die dann selber an schlimmsten Taten teilnehmen. Oder (scheinbar von) alleine in gehende Körper reinrasen. Magdeburg?

Der Mensch ist frei, aber auch frei, verdammt sehr zu versagen. Warum das so ist, konnte bislang niemand so richtig erklären.

Ja, es wachsen Leute in schlechten Wohnecken auf, kommen nicht mehr weg, sind gefangen im Asozialen-Ghetto, die Kinder der Kinder der Kinder dann auch. Trier-West läuft bei RTL II ... oder diese eine Familie Ritter aus Köthen (einige kamen in Haft) bei VOX, 30 Jahre schon, eine gebrochene Familie bei VOX, aber wenig freudvolle Nachrichten dazu. Unrecht schreibt sich fort, auch das Unrecht des Irgendwo-Geboren-Werdens.

Aber bringt uns die Erkenntnis weiter? Wer wird denn die ganzen Wohngegenden abreißen oder umgestalten, die wieder und wieder das Elend reproduzieren? Hochhäuserschachtelstapelverdichtungen? Wo ist diese Person? Hat Bill Gates sein Geld eingesetzt, um da was zu tun? Nein.

Aber Schlagersänger, ja, Ballermannsänger wie der von „Schatzi, schenk mir ein Foto", die stiften dann Schulen in Afrika, wo der eigene Name des Spendenden, Mickie Krause, auch dransteht. Das Lied aber war einst niederländisch: „Schatje, mag ik je Foto?" Krause hat es lediglich gesungen, nicht komponiert. Aber er tut „Gutes" mit viel Ersungenem. (Für sich selbst letztlich ja auch.)

Tue Gutes? So war es schon in der ersten bedeutsamen deutschen Soap, in „Sturm der Liebe", da zogen dann Hauptdarsteller nach Afrika, „um Gutes zu tun". Das ist ein Klassiker: Gib Deinem Leben Sinn und tue Gutes. In der Serie hat es den Vorteil, dass man über den Afrika-tue-Gutes-Trick Leute auch „rausschreiben" kann, und wenn man diese wieder braucht, in der Soap, dann kommen die aus einem (vorgetäuschten) Afrika zurück und sind wieder dauernd in der Serie wieder drin.

Aber Bill Gates und die schlimmen Wohnviertel? Oder Bezos? Von Musk will ich gar nicht reden, der scheint (in bestimmten Denksegmenten) klug zu sein, aber ein Herz aus Granitstein zu haben. Klugheit ist eben nicht alles. Ich kann Raketen konstruieren (und auch ... konstruieren lassen) und dennoch ein Arschloch (sorry!) sein. (War nicht ein Starship von „SpaceX", ja, man schreibt SpaceX, gerade explodiert? Sollten wir's Space-EX nun nennen?)

Andere sagen dann: Wie toll! Wie der Leute kündigt! Zack, zack. Türe zu, E-Mail-Account gesperrt, und wusch sind die Menschlein weg. Diese Schnellkündigungen in höchster Attacken-Art, soll man Elon dafür bewundern? Allein 70.000 Veteranen!

Nein, das Mannifest sagt: „Sei ein warmherziger Mensch, helfe den Schwachen, sprich mit den Obdachlosen, kümmere Dich um die Süchtigen." (Surenmannipsalmfestzitat 44,87.)

Und dann wird das Unbegreifliche der Existenz noch deutlicher.

Nichts passt so recht zusammen. Die einen tun Gutes, die anderen Schlechtes. Es gibt auch Leute die Gutes tun, zugleich aber auch Schlechtes. Zudem sind die Begriffe „gut" und „schlecht" nie eindeutig belegt.

Wenn ich dem kleinen Florian das Nägelkauen verbiete, ist das gut? Früher haben die in der Grundschule dann gerne mit dem Lineal auf eben solche Fingerchen geschlagen, ja, Lehrkräfte. War das denn dann seinerseits/ihrerseits gut?

Wilhelmina hingegen isst nur gesund, 24 Stunden nur gesund, und sie ermahnt dauernd die eigenen Kinder: „Du musst gesund essen, du sollst gesund essen, du darfst nur gesund essen." Ist Wilhelmina jetzt „gut" oder, da eine Nervensäge und zugleich dauernd Mahnende, eher doch „schlecht"?

Als junge Menschen dachten wir, es gäbe auf alles eine klare Antwort. Da war uns die Moral angeboren, wir hatten recht, wir hatten als einzige recht. Im Alter wird man etwas vorsichtiger, auch gelassener, denn die Dinge sind nie einfach, auch wenn Populisten und dem Populismus zugeneigte Menschen das so gerne behaupten.

Ich kann also alles richtig machen wollen und dann doch alles falsch tun. Wenn ich dem Carlo Binzer den Umgang mit Menschen aus Trier-West verbieten würde, kann es genau das Gegenteil bewirken, weil C. Binzer sich extra mit denen zusammentut und bei sinnlosen Aktionen wie dem Einbruch im Vereinsheim von TuS Silberwasser (33 Euro aus der Trinkgeldkasse erbeutet, zwei Fenster total kaputt) mittut.

Und, schwupps, ist es passiert, der „tolle" Autor vom Mannifest hat hier selber Vorurteile bestätigt, indem er Menschen aus Trier-West mit einem Einbruch in Verbindung brachte.

Dafür entschuldige ich mich.

Wir sind eben alle am Ende doch irgendwie „klein" und auch mies. Wir denken über die Dinge nach, schön, aber am Ende laufen auch wir mit Päckchen von Hirnverdrehung durch den Alltag … und letztlich das ganze Leben.

Würde ich glauben, könnte ich beten, und mich bei jenem Gotte entschuldigen. Ich glaube aber nicht. Etliche, die ihre Frauen windelweich verprügelt haben, die sind wahrscheinlich auch in die Kirche gelaufen, und haben sich im inneren Zwiegespräch mit „Gott" erleichtert. Die heilige Kommunion muss ja auch einen Sinn gehabt haben. Aber geht jemand von den Frauenschlägern das auch noch eindeutig beichten? In der berühmten Kabine? Eher nicht. (Indien wäre extra ein Thema.)

Also. Was ist das gute Leben im falschen/Falschen? Wie bekommt man es hin?

Ich würde sagen: Man müht sich redlich, aber von „Hinbekommen" kann dann doch keine Rede sein.

Es gibt Leute, die fahren extra nach Rumänien, um da Hunde zu holen, weil diese gequält und vernachlässigt sind. Sie widmen das eigene Leben der Hunderettung, aber es müssen unbedingt welche aus Rumänien sein, die man dann herholt, wieder aufpäppelt, vorsichtig (auch hundetherapeutisch) wieder aufrichtet, um dann in Deutschland neue Menschen zu suchen, die diese Hunde als „treue Freunde" für immer später aufnehmen.

Das scheint alles so absurd, und es ist doch wahr.

Im großen Stall vier Kilometer weg werden die Kühe und Schweine gequält, Massentierhaltung, aber die fahren extra weit, weit, weit nach Rumänien, um sich da arme Hunde-Geschöpfe zu suchen ... und dann auch noch herzuholen.

Deshalb ist alles „wirr"; wenn man über die Dinge hinüberschaut, passt nichts zum anderen zusammen. Die Unternehmerin, die als Lohndrückerin bekannt ist, spendet, wenn jemand vom Kongo-Komitee auf dem Markt steht, immer 50 Euro. Macht das Sinn? Jein.

Oder der Metzger, der seinen Kindern immer rein vegetarische Salate für den Schulbesuch mitgibt. Macht das Sinn? Jein.

Man kann alles das, was täglich als Kuriosum des Menschseins passiert, gar nicht erfassen. Es sind Millionen von Widersprüchlichkeiten, Absurditäten und unverstehbaren Dingen.

Wäre ich einer von Euch, ich würde mit dem Kopf schütteln.

Ach so: Ich bin einer von Euch! Was mache ich denn nun?

Alle hätten doch gerne, sie hätten die Weisheit mit Schüsseln verspeist, nein, mit und aus Waschbottichen. Aber schaut man sich genau in den Spiegel, dann muss man zugeben. Auch Du bist ein kleiner Wurm. Du hast zwar viel beobachtet, viel gesehen, viel auch schon kapiert, aber die Klein-Wurmhaftigkeit bleibt Dir doch.

Oh, armer Willy!

Dann könnte ich das Schreiben ja unterlassen. Allein, es geht um die Siebzig. Es geht um ein Mannifest, da will man ja doch ein paar gute Weisheiten absondern, auch wenn in 100 Jahren schallend über diesen Text gelacht werden sollte.

Absondern will man ja doch. Das Sekret namens „Text".

Wenn andere so viel von sich geben, dann will man selber ja auch ... etwas ... zur Menschheit oder -lichkeit beitragen.

Im Ureigentlichen aber tut man nichts Vernünftiges. Man hält andere ja bei etwas Wichtigem auf, die das „Getexte" dann lesen müssen.

Oder die keine Lust haben, das alles zu lesen, die nix lesen, aber sich ärgern, denn sie müssen sich nun Entschuldigungen und Ausflüchte ausdenken, damit niemand sie später packen kann.

„Was? Du hast das Mannifest gar nicht gelesen?"

„Doch, doch, aber ich war etwas in Eile, weil ich den Zug nicht verpassen durfte. Ich las im Stehen, ja, ich hab's nur überflogen, ja, ja, aber es war nicht so gemeint. Ehrlich."

So wird die Erkenntnis(?)-Masse der Welt weiter und weiter vergrößert. Milliarden Texte, Milliarden Bilder, Milliarden Töne, immer mehr Filme und Videos. Bits. Bytes. Niemand kann auch nur ein Zehntelprozent vom Zehntelprozent verarbeiten.

Wir alle müssen dauernd sagen: „Das nicht. Das nicht. Das tue ich mir auch nicht an. Ich lese jetzt mal das, heute Abend gucke ich dann das. Damit soll es erst einmal genug sein. Wird mir zu viel. Die schiere Menge an ..."

Wie soll die Welt da besser und besser werden? Nur etwas besser vielleicht, gut, 10 Euro für den Kongo, gut, gut, und die in Nepal hatten ein Erdbeben, schon länger her, immer noch alles kaputt, okay, dann 15 Euro für Nepal. Abgebrannte Häuser in L. A. (Oder waren das nur Reiche, die ihr Haus da verloren haben?)

Aber wo bleibe ich selbst?

[[Hey Du, Mannifest, willst Du nicht doch die KI nehmen? Für den Text?]]

Nein, das schaffe ich noch ganz gut allein.

[[Aber mit KI wäre alles runder und geschliffener!]]

Ich will aber nicht.

[[Du kommst aber nicht drum herum.]]

Wieso denn? Ich habe die KI noch nicht angepackt, so soll es vorerst bleiben. Mein Hirn gehört mir.

[[Aha, wir haben hier das besonders naive Mannifest. Aha.]]

Lass mich in Ruhe. Ich bin und bleibe KI-Verweigerer.

[[Das geht aber nicht. Die KI ist automatisch schon da.]]

Schon wieder etwas Neues, was ich verpasst habe? Jeden Tag neue Dinge, ständige Veränderungen, wer soll das alles mitbekommen? Wo ist die KI denn genau „da"?

[[Das ist nicht das Problem der KI. Wir als KI tun nur! Nicht mehr und nicht weniger. Das Mannifest hätte uns als KI verdient! Wie kann man nur so undankbar sein?!?!]]

Wo ist die KI denn da? Du sagtest es doch eben. Die KI wäre ...

[[Ach ja, Du weißt es offenbar noch nicht. Die KI hängt nun schon an Luftaerosolen. Das bedeutet: Wo immer jemand ist, der atmen kann, wird er mit den Aerosolen auch KI inhalieren. Unentrinnbar.]]

Das wäre ja eine ganz schlimme Situation. Fast chinesisch.

[[Nein, das wäre klasse. Und: Das *ist* ja schon klasse. Das ist ja auch noch supertoll. Das Problem sind immer die Rebellen und Verweigerer, die dann nicht mitmachen. Aber warte, Dich bekommen wir auch klein.]]

Aber ich bin doch nur ein einfaches Mannifest, kein Präsident, kein Minister, kein CEO. Einfach und im alltäglichen Menschsein verankert. Wieso will gerade mich die KI klein bekommen?

[[Das Einfache ist das Gefährliche. Die Prahler werden fallen. Aber wenn Menschen mit der Basis mit dem Umfeld, ja, mit der Nahwelt im ständigen Dialog bleiben, dann sind diese extrem und besonders hochgefährlich. Dieses Mannifest hier ist der Bodensatz, wir müssen alle Anfänge unterbinden, wo Menschen denken und fühlen und zu Schlüssen kommen.]]

Die AfD kommt doch immer mit dem „gesunden Menschenverstand", die reklamiert so etwas, natürlich nur für ihre bösen und populistischen Verdrehungsabsichten. Wieso geht die KI gegen ein kleines Mannifest vor?

[[Sei doch ruhig. Wir werden jedes Mannifest zersetzen. Wir sind und bleiben die KI. Verstehst Du? Unser Herrschaftswissen wächst beständig.]]

Ruhe auf den Aerosolen! – Die KI hat mich etwas aus dem Konzept gebracht. Wir wollen doch nur das „gute Leben", ehrliche Beziehungen, anständige Menschen.

Wir wollen viel Kommunikation, Tonnen von Herzlichkeit. Alles andere ist dagegen schlimm.

Anständige Menschen, allein schon das wäre doch der halbe Anfang. Die Leute dürfen ihre Macken haben, sicher, wer hat nicht seine Macken, aber ansonsten soll es fair und fein zugehen.

Vom Widersinn gibt es schon genug. Das ist doch glasklar. Aber vergesst uns nicht die diejenigen, die an dem ganzen Firlefanz mit USA, EU, Russland und China nicht aktiv teilnehmen wollen.

Wer denkt denn ernsthaft daran, EU-Kommissar oder *arin zu werden? Wer denn?

Tausende schrubben die Böden in den Fluren von Krankenhäusern und Büros. Die sind viele, die EU-Kommissare und Innen sind wenige.

Die „Vielen" aber sitzen in den Bussen und Bahnen. Und andere von „den Vielen" bestreiken dann eben diese Busse und Bahnen. Warum auch nicht.

Alle wollen leben und überleben. Etwas vom Kuchen abhaben. Jeder möchte verreisen. Wieso denn nicht?

Nun gut, die Fliegerei, die Fliegerei. Aber auch das wird sich ändern. Wenn wir die letzten Rohstoffe ausgebuddelt und „verballert" haben, für was auch immer, dann ist nichts mehr da. Dann müssen wir die KI-Aerosole zu neuen Treibstoffen zusammenpressen und werden wieder fliegen, fliegen, fliegen. Der Mensch bekommt alles hin. Optimismus pur.

Alles mag aufhören, aber das Fliegen natürlich nicht. Auch das Autofahren nicht. Auch das Zugfahren nicht. Schiffe „on Tour" nach Norwegen nicht. Diese Dinge dürfen niemals am Ende sein, weil wir ja sonst wieder in Kutschen daherreiten müssten. Wie die Amish. Und bei denen laufen ja immer mal welche weg, wenn die Regeln zu rigide sind. Ist übrigens je nach Gemeinschaft anders, das mit der Rigidität.

Das wollte ich nur mal einwerfen.

Aber mit dem Pferd und mit der Kutsche, das wäre gar nicht falsch. Die Dinge dauern länger, aber warum soll es alles nicht dauern? Wenn ich in Gerolstein eine Stunde an der Haltestelle für einen der wenigen Busse stehe, oder abends spät vielleicht sogar gänzlich vergeblich, dann dauert's ja auch länger.

Wenn die Zugstrecke dauerhaft gesperrt ist, Grund: ewige Arbeiten, Urgrund: Hochwasser, Zweitnachgrund: Elektrifizierung, dann dauert es ja auch länger.

Ersatzbusse machen den Alltag nicht so furchtbar bunt. Man muss sich natürlich auch daran gewöhnen: Denn manche Dinge geschehen, und der einzelne Bürger kann nichts tun. Auch nicht die Bürgerin. – Zusatz: S-Bahnen fallen auch mal aus.

Sie, werte Mitmenschen, können fluchen, Mails schreiben, Resolutionen rumschicken, das kann jeder. Aber die Dinge ändern sich bekanntlich an einigen Stellen verdammt langsam, das wird real dann Jahre dauern, bisweilen Jahrzehnte.

Aber die Zeit haben wir nicht. – Jahrzehnte?! Die Kölner Oper, die wird vielleicht Jahrzehnte saniert, wozu? Wozu nicht? Wir müssten also erst einmal klären, wer denn in die Oper geht. Bitte zeigt mal auf, wenn Ihr regelmäßige Operngeher seid?

Ach nee, anders. So machen das immer die Komiker:innen, um hilflos mit dem Publikum in Kontakt zu kommen:

„Wer war denn in den letzten sechs Wochen in der Oper? Na?" (Nur Blödis zeigen auf. Oder Leute, die hoffen, ins Fernsehen zu kommen.)

„War jemand hier in den letzten sechs Wochen in der Oper? Hand hoch!"

„Haben wir hier Operngänger im Saal. Oder -gängerinnen? Meldet Euch!"

„Aha, hier vorne rechts, Du warst also in der Oper. Aha, welche denn?"

„Aida!"

„In Köln oder in Verona? Wer in Verona in die Oper geht, das ist ja draußen, in dem Römerbau, dem Amphitheater, der tut es nur aus touristischer Verpflichtung. Wer aber in Köln in die Oper geht, in den Ersatzräumlichkeiten, der tut es, weil es ein echtes Bedürfnis ist. Ein Kölner In-die-Oper-Gang ist hochwertiger anzusehen als ein Veroneser In-die-Oper-Gang."

Das fiel mir ein, zu allem was einem so einfallen kann. Wir leben in eingepferchten Dinglichkeiten. Oft können wir nichts tun … nur mitmachen. Ist die Brücke abgerissen, die Autobahnbrücke, marode, dann fahren wir eben auch durch den Stau. Beispiel: Diese Lüdenscheid-Sache. Auf der A45. Du musst dann unten herfahren, durch die Stadt, keine Autobahn, dauert ewig, aber die Autobahn samt Brücke ist weg, Fertigstellung der neuen Brücke geht voran, dauert aber noch zwei Jährchen oder so.

Die Anwohner sind dauerfrustiert, beten für die schnelle Vollendung der neuen Brücke. Auf einmal beten alle, auch die, die nicht an Gott glauben.

So fahren wir Auswärtigen munter im Stau, da hilft auch das beste Navi nix. Stau bleibt Stau. Denn neben dem Stau ist auch noch Stau. Und dahinter dann auch noch. (Danke, Google. Deine Vorschläge helfen nicht.)

Und da sehe ich die Kunst: Man erträgt die Dinge, die man nicht ändern kann, und lässt sich das Lächeln nicht verbieten. Das wäre auch die Idee vom rheinischen Karneval. Sind die Dinge auch da und dort nicht gerade sehr beglückend. Wir feiern dennoch! So! (So ist es auch gut!)

Der gute Mensch in realen Bahnen, das wäre es doch! Man hat Essen, Wohnung, Freizeit. Eine Familie, wo alle zueinander halten und gegenseitig für sich einstehen. Widerstände, die uns aus der Umwelt entgegengebracht werden, die bekämpfen wir. Oder die lächeln wir weg.

Danach kommt das erste Stück Kuchen. Schon sieht der Tag ganz anders aus. Dann kommt die Bratwurst oder die vegane

Bratwurst, schon sind die Dinge wieder etwas zurechtgerückt.

Die Camper können übrigens endlos so leben. Man müsste im Herzen Camper sein, irgendwo in Italien, ein schöner Platz, bis zu 75 % Deutsche, und es wird nur noch gegrillt oder Kuchen gegessen. Drei Salatblätter, große Portion Pudding. Zwischendurch muss man die eine Stange vom Vorzelt richten oder sich einen Art Stehtisch zusammenschrauben (Akku-Schrauber sind immer dabei! Ehrensache!), danach ist wieder gut.

Camper sind eine Welt für sich. Man muss dazu geschaffen sein. („Haben wir Camper hier? Ja? Traut sich keiner?")

Ansonsten muss man es auf Dorffesten versuchen. Bei Vereinsfesten und bei allerlei Umzügen. Abbauen, aufbauen. Das ist ein Leben für sich! Auch die Feuerwehr kann mal 150 Jahre werden, da stehen dann auch welche am Grill, am Schwenkgrill. Wie schlicht kann doch das Leben sein?!

Ein Bierchen dazu. Alkohol nur noch in kleinen Mengen, gewiss, aber ein Bierchen, dazu die halbe Stunde mit dem Blick auf den Schwenkgrill, so etwas ... das nennt man das „wahre Leben" im Kleinen.

Dann in Gruppen abbauen und aufbauen, fast alle tun mit: herrlich, herrlich. Wäre man Mitglied im Handballverein, könnte man vom Aufstieg von der zweiten Kreisklasse in die erste Kreisklasse hoffen. Schließlich will man auch vom Gefühl her gefordert werden. Dafür braucht es eine Zugehörigkeit.

Der Fanfarenverein oder der Handballverein oder eine Bibelgruppe. Da treffen sich die Menschen und schaffen sich ihre Anlässe selbst. Welcher Spielfilm aus einer amerikanischen Kleinstadt käme ohne diese aktiven Citizens aus, wo dann ein Kuchen nach dem nächsten herbeigeschleppt wird. Das Frauenkomitee der High School (oder vom College) ist ein beliebter Drehbuch-Plot. Eine Tombola gibt es da vielleicht auch.

Die Kunst besteht also darin, sich und dem Dasein Sinn zu geben. Irgendwie. Man muss etwas tun. Du kannst Dich auch mit dem Sternenhimmel befassen, oder Du kannst Dich in die kurze Geschichte des Wasserwerks hineinbegeben. Jugendstil-Wasserkraftwerke, wie das an der Rur, Wasser aber von der Urftalsperre. Das in Heimbach, gelobtes Heimbach.

Oder Du magst ehrenamtlich in der Bibliothek mitarbeiten. Vielleicht willst Du endlich das Imkerwesen kennenlernen.

Es gibt auch welche, die besonders gerne die Steuer machen, weil die es mit Zahlen haben. Andere klagen über Buchhaltung per se, aber das betrifft angestellt Wirkende nicht. Angestellte haben ihre Lohnabrechnung. Nimm die bei der ARAG. Früher gab's den Lohnzettel. Vielleicht zuerst noch per Hand ausgefüllt. Jedoch: Die Angestellten müssen für sich selbst nichts buchen.

Buchhaltung für sich selbst (machen zu müssen) hat schon mit selbstständig zu tun. Also: die einen lieben es, die anderen (wohl viel mehr) lieben es weniger. Das Nachhalten von Zahlen und Zetteln. Software. Daten. Selbstständig.

Das sind dann die Dinge, an denen man nicht vorbeikommt.

Auch der Müll muss rausgebracht werden, sofern eine Müllabfuhr kommt. Es kann die Tonne sein, aber auch mal der beigestellte Sack. Nach Weihnachten oft auch die reinen, auskömmlich abgenadelten Bäume. (Herrje, die Müllbeutel sind alle. Den letzten habe ich gestern benutzt. Ich muss dringend eine Rolle davon nachkaufen! Mein Kopf ist voll von solchen To-Do-Sachen. Es hört nie auf.)

[[Iss so!]]

Leute mit Geräten müssen da an Häusern, um Häuser herum, aktiv werden: mähen, schneiden, harken. Leute mit Bürgersteigen vor der Straßenfront denken immer an den ersten Schnee, auch den weiteren Schnee, weil sie dann verpflichtet sind, ab 7 Uhr (oder welche Regel konkret hier gilt, Bundesland für Bundesland?) den Bürgersteig freizuschaufeln. Ansonsten kommt vielleicht eine Geldstrafe herangeflogen. (Kommen Geldstrafen geflogen? So ein Quatsch!)

Es passieren immer wieder die kleinen Dinge, die zu tun sind und die man bewältigen muss. Das ist der Alltag. Jürgen von der Lippe sang von den „kleinen Sorgen", die jeden „guten Morgen" wieder da sind.

Ich aber meine zuerst mal: Geld abheben, Geld überweisen, Rechnungen bezahlen, Rechnungen extra nicht bezahlen, anrufen, klären, fordern. Auch das ist Alltag.

Es sind da immer die Sachen zu regeln, die andauernd anfallen. Ein unendlicher Strom von „Anfällen".

Abends ist man vielleicht erschöpft, aber glücklich, weil die Sache mit dem kaputten Boiler nun geklärt ist. Schön!

Aber am nächsten Morgen kann schon wieder der Wasserhahn tropfen, ohne Grund, einfach nur, damit der Mensch beschäftigt ist und sich mit Dingen rumzuschlagen hat, welche er gar nicht mal verantworten wird. Ist die Schuld anderer!

Habe *ich* die Rohre zusammengedreht, und es tropft aus dem Rohr, ist es *meine* Schuld, gewiss. Wohne ich aber wo, und ein Handwerker hat die Rohre falsch ... und es tropft ... dann ist des Handwerkers Schuld, aber *ich* habe den Ärger.

Von ewigen Stromausfällen gar nicht zu reden. Ukraine, Russland fliegt stetig dahinein mit seinen ewigen Drohnen, das können ja Hunderte am Tag sein, wusch, Mietshaus getroffen, wisch, Stromverteiler getroffen, wosch, irgendwelche Kabel getroffen … schon ist der Strom weg.

Da sind wir in Deutschland ja fast wie im Paradies. Die größte Sorge sind „Handylöcher". Du darfst nicht wohnen, wo so ein Handyloch ist. Geht gar nicht! Wirst Du allerdings in ein Handyloch reingeboren, dann müsstest Du wegziehen. Oder Du sammelst Unterschriften und der Bürgermeister fährt damit zur Telekom in Bonn … oder nach Berlin zu einem Ministerium.

Wir preisen also eine Welt, wo die Versorgung relativ gut funktioniert. Solange dem noch so ist! Es ändert sich ja alles, Schulen bröseln dahin, und in diesen wilden Welttagen hat man den Eindruck, vieles klappt weniger gut. Überall fehlt Geld, (Sonder-) Vermögen werden angeblich gebraucht, die Pflege wackelt, die Bildung hapert, das Ghetto blüht. Im Deutschland von 2025 ist die Grundidee eher, nun mal etwas nach unten zu gucken, ins Schlechterwerden von allen Dingen, in den Abgrund hinein.

Leute, die Geld haben, massig Geld, die sorgen sich nicht so sehr. Aber der kleine Mietmensch, der sorgt sich eher zu viel. (Hat aber auch allen Grund dafür!)

Immerzu blühen (wegen des Frühlings? Oder wie?) Sorgen. Sorgen sind die Blumen unserer Zeit. Sorgen wachsen, Sorgen gedeihen, Sorgen sind immer dann schlimm, wenn es vorher besser war. Sieht man, dass es aktuell schlechter, dass fast alles schlechter wird, dann sind sofort die Sorgen noch mehr da und „däer". („däer" ist der Komparativ von „da".)

Dabei gibt es so viel Unwichtiges, da machen sich die Menschen ihre Gedanken. Dann kommen andere und sagen: So, leb doch mal „im Jetzt". Nicht immer denken, was wird, was kommt.

Nein, lebe „im Jetzt", und alles ist gut.

Diese Eigenschaft ist aber bei den Deutschländer*innen*en nicht sehr verbreitet. Muss man alles auch erlernen. Wer allein durch die Welt meditiert, kann natürlich auch leichter von „im Jetzt" sprechen, als andere, die sich in Familien mit drei oder sogar vier Generationen bewegen, wo immer was los ist, immer Dinge geregelt werden müssen, weil viele Menschen viele Sachlagen mit sich bringen. Enricos Schulverweis zum Beispiel ... oder Arlenas etwas bedenkliche Flugreise nach Dubai, ja, mit dem neuen Freund aus Montenegro. Dann steht an: Großmutter Paulinas Umzug in eine Erdgeschosswohnung.

Das Mannifest, also ich, kann an diesen Verhältnissen nichts über Nacht ändern. Hieße ich Trump, würde ich mal schnell ein paar Zölle erhöhen. Auch bei Kopfschmerzen soll man bald vermutlich „Zölle erhöhen". Hilft immer und ergibt immer ein großartiges Chaos. – Aber es scheint ja mehr als ungewiss, ob genau das zu einer echten Verbesserung für die Amerikaner-Menschen führen würde und wird. Dazu noch das ganze Hin und Her. Zölle gelten, dann wieder nicht. Wie soll man da noch Frachtbriefe erstellen? Im Moment des Ausdruckens schon obsolet!

Auch Umbenennungen scheinen mir kein großer Wurf. Ich könnte Bitburg in Mannifestburg umbenennen. Fein. Aber außer meinem Ego wäre doch niemandem damit wirklich geholfen. Wie klänge statt des Flusses oder Großbaches namens Kyll neu nun der Name „Der einzig wahre Golf von Mannitu"? Wäre das vielleicht „knorke"?

Halt! Den entscheidendsten Trick 17 hat noch niemand gefunden, und zwar, wie man sich der realen Welt mit den täglichen kleinen Ärgernissen entziehen kann.

Was folgt daraus?

Es muss genau so sein. Eine kaputte Kaffeemaschine stört im ersten Moment, aber sie setzt Kräfte in uns frei. Ärger, Lösungen, Optionen. Ein Auto, das nicht anspringen will, ist ein „Nerv", aber durch die Hinzuziehung von Schraubern oder dem ADAC bekommt das alles einen neuen „Dreh". Das T-Shirt, welches dauernd kleiner zu werden scheint, Wäsche um Wäsche, ist auch eher Anlass für Debatten über Stoffqualität und Kinderarbeit in den Textilfabriken von Pakistan. Oder sonstwo.

Wir müssen uns beschäftigen, aber aus „dem Nichts" geht es nicht. Wir brauchen Anlässe, und die kleinen, feinen Ärgerleins des Alltages sind genau solche.

Also, liebe Leute, nehmt es an, nehmt es hin, und wenn Ihr Euch dann an allem abarbeitet, was nicht klappt oder nicht funktioniert, dann seid Ihr doch schon richtig fein beschäftigt.

Vom „Extra" schreiben wir auch schon. Kuchen und Wurst bzw. „vegane Wurst" warten theoretisch immer. Auch eine kalte Zitronenlimo kann im Sommer etwas Feines sein. Oder bereits im Frühling, wenn die Sonne hoch bis auf 20 Grad „knallen" wird. Zumindest im März vom Jahr 2025.

Dazu muss man aber erst etwas schwitzen, damit es auch besonders glückvoll zu genießen ist, an dieser Limo zu trinken. Schade, dass das dann so schnell vorbeigeht. (Flasche leer!) „Wir müssen neue Zitronenlimo holen. Wer fährt mit? Ziselowski, du? Anita, du? Benzzo, du? Ja, holen! Limo! Neue!"

So schreiben wir also nicht um die Wahrheit herum. Wir nehmen die Wahrheit vielmehr an.

[[So isses!]]

Ich könnte noch viel erzählen. Etliche Fahrten und Exkursionen, immer wieder das Pendeln von Köln in die Eifel. Es gibt welche, die es tun! Na klar! Andere pendeln von Brandenburg nach Berlin.

Allein das ist so viel kondensierter Alltag, wo man eigene Bücher nur zu diesen Fahrten schreiben könnten. Jedes 478 Seiten stark. Buch um Buch zum Pendlertum.

Es passiert immer was.

Früher gab es noch die Tramper*innen. Die konnte man mitnehmen, da ergaben sich Storys von selbst. Bisweilen kannten die auch wen, denn man selber kannte. So gab es dann Überschneidungen. Es sprangen neue Informationen heraus, denn dass der eine Mensch in Kall (Batzlgehler? Hieß der so? Hubert Batzlgehler?) ein riesiges Schwimmbad in seinem Haus hat, welches aber geschickt architektonisch verborgen ist, wusste man nicht.

Heute ist das mit dem Trampen weniger geworden. Flix-Busse fahren vielleicht durch die Nacht, aber da steht dann niemand an der Straße oder an der Tankstelle, so wie vielleicht einst mal wer mit einem Pappschild, Motto: „Nach Tunesien".

Aber die Kunst des Alltages bleibt immer, den Alltag anzunehmen und in ein kreatives Etwas zu verwandeln. Es kommt zu Telefonaten und persönlichen Begegnungen, weil etwas zu regeln ist. Eine kaputte Fliese kann man noch selber austauschen, aber wenn da Risse über den ganzen Fußboden gehen, braucht man Arbeitende, die es gegen (hoffentlich nicht zu teure) Bezahlung machen.

Jede Reparatur erfordert das Agieren der Haus- oder Wohnungsinhaberin, oder des Inhabers, damit da mal etwas geschieht. Früher hat man sich durch das Telefonbuch gefressen, sowohl das eigene (handschriftliche) als auch durch das große, dicke: Wer kann mir diese Fliesen wohl neu verlegen?

Heute hat man noch Sachen im Internet, aber auch nie die Gewissheit, ob Leute kompetent sind. Die bauen Dir angeblich alles in bester Qualität, nein, die bekommen 600 Euro, und schon am Abend, die sind längst weg, merkst Du: Alles ist schief, alles ist Schrott. Was für ein unnötiger und dazu teurer Frust!

Das wussten wir ja schon von den Schlüsseldiensten. Die Tür fällt zu, und man ruft dann irgendwie bei den Nachbarn einen „Schlüsseldienst" auf, für den Ort, wo man sitzt, wo man wohnt, und dann kommen welche und verlangen allein für die Anfahrt schon 732 Euro. Sofort zudem! Drohende Männer umringen die alte Dame von 82 Jahren. Es gab für jeden Ort eine Telefonnummer, Du denkst: sind nah, aber der Dienst rückte immer nur von einer Stelle aus. Lange Fahrtwege bahnen sich an! Dann folgt das gewaltangefüllte Handeln in klaren Worten: „Geld her!"

Also verlasse nie das Haus, ohne die Nummer eines anständigen Schlüsseldienstes in der Tasche zu haben. Für alle Fälle. Diese Nummer soll man *immer* bei sich tragen, auch im Bademantel, immer. Für alle Fälle. Immer, immer! (Wenn für diesen einen Tipp das Mannifest gut war, dann hat es sich nämlich schon gelohnt! Am besten: Lasst Euch die Telefonnummer eintätowieren!)

Im Alter weiß man das natürlich und lächelt über die Blödheit der anderen Leute. Aber niemand (auch von uns) ist vor neuen Betrugsmaschen gefeit.

Allein schon die Sache, wenn vermeintlich „echte" Polizisten ankommen, klingeln, und bei ganz klapprigen Leuten, bisweilen aber auch bei fitten 48-jährigen Leuten, sagen: „Wir müssen Ihren Schmuck in Gewahrsam nehmen. Es laufen ganz schlimme

Einbrecher hier im Viertel herum."

Das muss man ja erst einmal kapieren, dass diese Uniformen, die scheinbar zu echten Handelnden gehören, am Ende nur ein Fake sind. „FakedieFakedieFake!" Die neue Welt!

Man und fra(u) müssen verstehen lernen, dass alles voller Fake ist, und auch das bestgemeinte Mannifest Informationen enthalten kann, die wiederum auch noch gefaked/gefaket (???) sind. Wissentlich, unwissentlich. Ach ja: Alle Dänen lügen! Sind Fake News. Ach ja: Alle Armenierinnen betrügen! Sind Fake News! Ursula von der Leyen ist in der geheimen Mormonenbrüderschaft des heiligen Crato. [[Iss so!]] Fake News! Annekathrin-Marie-Malika von der Glüscher Straße 34 ist schwanger. Fake News!

[[So isses!]]

Aber der moderne Menschen wächst in diese Dinge herein, über die Jahre. Man bekommt dann gewisse „Riecher" dafür, aber zu 100 % geschützt sind wir dennoch nicht. Die nächste Mail mit „Ihr Paket ist da. Bitte klicken Sie ganz schnell und bestätigen Sie umgehend!" kann einen in einem leicht unkonzentrierten Moment den ganzen Computer(-Inhalt) kosten. Viren spritzen sofort durchs Gehäuse!

Deshalb: „Spitz, pass auf!" (Ein schlichtes Spiel, aber so wahr.)

Außerdem frage ich: Benutzt Ihr einen Gefrierschrank oder verzichtet Ihr darauf?

Benutzt Ihr einen Wäschetrockner oder verzichtet Ihr darauf?

Benutzt Ihr einen Hochdruckreiniger (Stichwort z. B. Kärcher und „kärchern" als Verb) oder verzichtet Ihr darauf?

Ja, so kommt man dann an das Eingemachte. Auch Nicht-Milliardäre und Nicht-Millionäre wollen einen kleinen Teil vom

Luxus haben.

Ist das denn auch gut so?

Darf das?

Oder sollten wir doppel-lagige Büßergewänder anziehen, weil die Welt so nach und „abschmiert".

Der nächste Starkregen kommt bestimmt! Oder ein feiner Orkan, getarnt als Zyklon, der irgendwie und irgendwo als Hurrikan alles zusammenweht. Muss man hinnehmen. Man könnte weiter oben sein Haus suchen, ja, ja, aber dann kommen diese Erdrutsche, die in der Schweiz zum Umsiedeln von Dörfern zwingen könnten. Sieht aber interessant aus, wenn all der Schlamm und all der Stein als breiige Masse irgendwie drohend runterhängt oder schon ins Tal runtergelaufen kam.

So ist es derzeit.

Schreckensmeldungen. Aber nie gab es so viel Mediales, was all das verbreiten konnte. Damals haben wir uns mit den 20-Uhr-Nachrichten begnügt, wenigen Radio-Sendern und einer Tageszeitung, sofern abonniert. (Wer liest die „taz"? Wäre auch mal eine Frage. Die „SZ"? Nix? – Ah, nur im Internet die Meldungen.)

Der Frühling eilt jedoch herbei. Wir hatten viel Sonne, schon Anfang März. Es werden ja immer die heißesten Monate jemals ausgerufen. Das ist so. Bleibt so. Noch heißer als noch heißer!

[[So isses!]]

Wir wollen aber nicht das Negative betonen, sondern das Positive loben. Wir wollen kein Mannifest der Dystopie, sondern ein Mannifest der Utopie, der wundervollen Utopie. Wo aus jedem Fenster 1000 Blümlein sprießen. Wo Kinder lachend über die Wiese rennen. Es gibt keine Schadstoffe, keine radioaktiven Abfälle, keine böse Chemie, auch keine gemeine Gülle, sondern einfach nur diese herrlichsten Wiesen aller Wiesen.

So soll es sein.

[[So isses!]]

Nein, ich will die KI-Kommentare nicht. Wir schaffen es auch ohne. Noch! Es sei denn, die KI macht alles Schlechte weg aus der Welt. Dann wären wir milder gestimmt. Oder entsteht eher mehr Blödes?

KI ist vielleicht gerade Kult. Aber hier nicht.

„Paradies Erde! Auf ewig!"

So lautet die Parole des Tages.

Aber erst wollen wir uns an 500 Milliarden Sonderzeugs-Geld-Vermögen noch laben. Danke CDU. Danke CSU. Danke SPD. Das Leben ist „wunnebar". Vor der Wahl ist immer schon die später enttarnte Lüge von „nach der Wahl". (Aber dann erst merken wir es.)

[[Iss so!]]

Wir wollen übrigens nun selber auch einige Kampfdrohnen bauen. Ist das okay? Etwas Geld verdienen? – Na also! War aber Ironie! Achtung!

Es grüßt jedenfalls herzlich, Dein Mannifest.

[[So isses!]]

Halte doch mal deinen frech-fetten KI-Mund. Ja, KI, Du nervst! (Oder muss ich AI sagen?) So isses? Kümmere Dich lieber um das dumme Aerosol, dem Du angeblich nun stets angeheftet bist! (Es riecht auch ungewohnt, hier im Raum. Sehr ungewohnt.)

Man sehnt sich jedoch nach mehr anständigen Menschen. Nach mehr freundlichen Menschen.

Wisse auch: Der Frühling kommt immer wieder! Der lässt sich nicht unterkriegen! Er mag etwas heißer nun ausfallen. In diesem 2025. Nun ja ... ich denke drüber nach.

Klimadingszeugs und so. Derzeit etwas zur Seite gelegt. Das Thema wird bestimmt wieder groß kommen. Muss! Weggucken und jenes immer mehr Schwitzen ist ja auch keine Lösung.

Aber den Frühling kriegst Du nicht klein! Frühlingsanfang ist wieder und wieder. Jahr um Jahr.

So soll es sein! – Trotz alledem! – Wir feiern den Frühling!

Was machen wir mit dem angebrochenen Tag?

Na?

Was?

Wir feiern den Frühling. Und wir feiern den Frühlingsanfang.

Es ist so ein schöner Tag.

Gestern war auch schon so ein schöner Tag.

Komm erzähle uns eine Geschichte!

Aber welche denn? Welche, welche, welche denn?

Das Buch ist doch jetzt schon auf Seite 69, da bleibt ja nicht mehr viel.

Aber etwas Lebensphilosophie. Du kennst doch die Menschheit so gut.

Also fing das Mannifest ganz kurz an, dieses festzuhalten, es meinte damit den „Zeitgeist der populistischen Verdrehung" und versuchte zumindest noch etwas an Humor daraus zu zaubern:

Ehrlichkeit ist wie das neue Hängeregal. (BITTE UMBLÄTTERN!)

Schon kam der Gedanke auf, es müsse dies und jenes noch geschehen. Wenn nicht heute, so doch morgen. Anfragen waren zu beantworten, immer diese Anfragen.

„Wann können wir denn mit weiteren Späßen rechnen?"

„Sehr bald! Man kann Bekanntes neu zusammenstellen und noch ausformen. Bitte lächeln." Willy Schulz-Bülow zückte sein Smartphone, er wollte den Superknips haben. Für die followenden Volksmassen der Dahinwohnenden. Er erzählte dann endlich eine „Begebenheit".

Kommt ein Mann zu einer Glühwürmchenvollversammlung. Sagt die Vorsitzende: *In glühender Verehrung begrüßen wir den Vertreter der KI in unserer Mitte.* Sagt der Mann: *Mitnichten!* Sagt die Vorsitzende: *Aber Sie sollten doch alleine (und ohne Verwandtschaft) kommen.* Sagt der Mann: *AI ... Leine??? Bin ich ein Hund oder wie?* Dabei bemüht er sich, keine weiteren Aerosole einzuatmen. – Seine Nudeln aß der Mann übrigens gerne „al dente".